男と女とのことは、何があっても不思議はない

林 真理子

男と女とのことは、何があっても不思議はない

目次

Chapter1 恋愛問題

Chapter2 上手な男との別れ方

男と女とのことは、
何があっても不思議はない

Chapter1

恋愛問題

恋のはじまりとかけひき

人は恋をするものである。男と女は、自然と魅《ひ》かれ合い、思いのたけをお互いにぶつけ合うものである。

†……『マリコ・ジャーナル』

よく「恋に恋する」という言葉があるけれど、あれは本当に真実なのだろうか、どこまでが、恋していることなのか、どこまでが相手に恋していることを楽しんでいるのか、ちゃんと答えられる人は誰もいないはずだ。

†……『ローマの休日』

恋の始まりにはいろいろなかたちがある。好きで好きでたまらなくなって、長年つきあった揚句《あげく》、やっと思いとげる恋。もう片方にあるのは、何かのはずみで関係を持ってしまい、それから好きになってしまうというタイプ。私は後者の方が、ずっと多いと思うのだが、いかがだろうか。

†……『女のことわざ辞典』

女心というのは不思議なもので、相手の男があまりモテすぎても困るし、モテなくても困る。その絶妙なバランスのところにいてほしいと願うのは誰しも同じであろう。

†……『ルンルンを買っておうちに帰ろう』

私はライバルの存在を、むしろ歓迎する女である。強力なライバルは、常にいた方がいいとさえ思う。

ときたま気の小さい女がいて、

「私、あんまりハンサムな男の人好きじゃない。他の女の人みんなも欲しがりそうで……」

と言ったりするけど、私は、バカと叫びたい。

「他の女が欲しがらないものなんか誰がいるか。みんなの欲しいものが、自分ひとりだけのものになるというのが快感なのじゃー」

こんなことを言うと、さぞかし私は気の強いイヤな女だと思うでしょう。だけどつい最近まで私は、他の女が現われるたびにイジイジ泣いて、ひとり苦しんでいた側の女なの。

†……『花より結婚きびダンゴ』

私の友人の中に、カッコいい男はイヤッという女がいる。

「だっていつもびくびくして暮らさなきゃならないじゃない。他の女と競争しなくちゃならないしさ。私、ブ男でもなんでもいいわ、私ひとりのものになってくれるなら……」

なんと情けない奴だと、私は舌うちする。そしてその後、必ずこう言ってやるのである。

「あ〜ら、他の女もいらない、なんていう男、私も欲しくない。みんなが欲しがるものを、私だけが手に入れる。これぞ恋の醍醐味《だいごみ》じゃないの」

しかし、このテの恋愛というのは、非常にリスクが大きい。当然、ライバルたちもたくさん出現して、バトルロイヤルが始まる。ま、負けたこともありましたし、勝ったこともあった。それよりも多かったのは、疲れ果てて、途中でイチ抜けたアーをしたことであろうか。

✝………『女のことわざ辞典』

オトコから電話がかかってくる頃だと思うと、風呂に入っていても気が気ではない。濡れたからだにバスタオルをまきつけ、電話機を洗面所まで運んでくる。これならベルの音がシャワーで消えることがない。私はやっと安心して、浴槽にからだをのばした。

「うふ、私って本当にかわいい女なんだから」

といつものように自己陶酔の瞬間だ。私はある言葉を思い出したのである。

「マリコちゃん、電話をバスルームに持ち込んだら、それはもう恋よ！」

そう言ったのは誰だっけ。そう、そう、うんと仲のよかった女友だちだ。

†……『今夜も思い出し笑い』

「あるがままの相手を受け入れる」というのは、恋愛の基本だそうだが、これがキレイごとだというのは誰でもが知っている。始まりの頃は、誰でもがネコをかぶって、いい男、いい女を演じるものだ。

たとえばデイトの時など、女はファッションをしっかり決めるのはもちろん、彼好みのメイクをする。化粧が薄いのが好きだと言われれば、口紅だって赤いのはつけない。そして次第に仲が深くなっていくと、彼の好みは下着にまでおよぶ。バーゲンの時に買って、しっかりとっといたシルクのキャミソール、ストッキングだって、一足五百円のアッギのやつ。いつもは二足二百五十円のスーパーのものをはいていても、デイトの時は、足が少しでも綺麗に見えるように頑張る。

恋はこのくらいのあたりが、いちばん楽しい。

†……『女のことわざ辞典』

キスをする瞬間というのがある。タイミングと言い換えてもいい。突然〝される〟というのではなく、お互いの気持ちがぴったり同じ時に寄り添い、まるで磁石が吸い寄せられるように、同じ速度で歩み寄る時。女のコにとって至福の時である。

私の経験だと、これはソファから「もう帰るから」と立ち上がる時、あるいは車の中でちょっと話が途切れた時などに、起こる確率は高い。

最近の若いコは、話を聞くとどうやら独立したキスの思い出がないようだ。初めてキスをした時に流れでベッドインしてしまうため、そちらの強烈な記憶にすべてかき消されてしまう。

しかし、恋というもののメンタリティをいちばん楽しめる時期というのは、二回ぐらいキスをした後ではないだろうか。まだ女のコの肉体を手に入れていない男のコは、うんとうんと優しくなっている。髪なんかを丁寧に撫でてくれるはずだ。そして今度はふたりっきりになりたいとか、どこへ行こうか、などとささやく。が、拒否権はまだ女のコの方にある。

これが肉体関係に突入すると、それはそれで楽しいが、暗くどろどろしたものも同時に発生してくる。時々〝手のひら返し〟男もいたりして、女のコは猜疑心《さいぎしん》に苦しむ。嫉妬だって生まれてくる。心が優しく、相手のことを愛することが出来る女のコほど、肉体関係によってイヤな女に変わることもある。

だから、もっとキスだけの期間を楽しめばいいのに、と私は言いたい。キスだけだと女のコはいくらでも強気に出られるはずだからね。

†……『美女入門』

恋のいきつく先は、やはり結婚だと私は思いたい。

「愛を純粋にしたいから結婚したくないのよ」

なんてほざく女は死んでしまえ。結局カラダをもて遊ばれているということに気づいていないだけなのだ。

私はイコジなところがあるから、結婚までいきつけなかった恋はすべて失恋であると判断したい。

「だからあんたはガキと言われてバカにされてんのよ。私たちなんか、本当に心から理解するために、とことん話合って別れたのよ。ふん」

とか言って抵抗するヤカラが出てきそうだけれども、本当にそう思うんだからしょうがないじゃん。

†……『花より結婚きびダンゴ』

お見合いで成功する女というのは、やはり端で見ていてもわかる。目上の人のウケがいいこと。これがまず第一条件みたいだね。

母親の友だちが集まってきて、ペチャクチャやっていると、私などはいつもブスッとして自分の部屋から出なかったものだが、今思えば、これが失敗の第一原因であろう。頃合いを見はからって、自分をPRしに乗り込むべきだったんだ。その時重要なことは、今だったらよくわかる。

①いま自分がどんなに結婚したがっているか
②けれども自分は非常にシャイで、なかなか男と知り合いになれないということ
③だから男の人とはほとんどつき合いがない
ということを十二分に訴えることが大切だろう。

†……『花より結婚きびダンゴ』

恋のしたたかさにおいて、女は男の比ではない。

なにしろ人生がかかっているからね。

「できるだけイイ男と結婚してイイ暮らしとイイ赤ん坊が欲しい」という女の本能は、実にシビアに男と女の荒海を渡り切っていくのだ。

だから男を乗り換えるというのは、いたし方ないことだと私は弁護したい。誰が悪いわけでもない。女の中のベーシックなものがそうさせるのだ。

†……『花より結婚きびダンゴ』

恋は早く、結婚は遅く、しかも考えてないようなふりをすること。このスピード調節がうまくできなければ、頭のいい女とはいえない。

「両親に会ってちょうだい」

「郷里に縁談があるの」

という古典的パターンは、男も雑誌で見て知っているから、もはや流行《はや》らないご時世だ。しかし、時間差攻撃のテだけは、まだ読まれていない。

「すばやく押して、ゆっくり逃げる」

このタイミングを忘れないようにね。皆さん……。

†………『女のことわざ辞典』

私たちは、(二兎を)追わなければならない。要領のいい女、キタネーなどと陰口をたたかれようと、いろいろ比較検討し、どっちにもいい顔をし、危ない橋を渡り、見事ゴールにたどりつかなければならない。

この女っていう役割も、いろいろ大変なんだ。できることなら、一人の男に魂を奪われたい。その一兎のためならすべてを引き替えにし、野や山を追っていきたい。

けれど、そんな男はいやしない。そうよ、すべて男がいけないのよ。私のせいではないわよ。そうよ、そうよ。

†……『女のことわざ辞典』

男と女が出会い、結婚するまでには、二つの大きな波を相手に起こさせなければならない。ひとつはこちらを愛するようにするうねり、その次は結婚を決意させる波のうねりである。

恋愛を何度か経験したことがある人ならわかると思うが、最初の波を起こさせるというのは案外たやすく出来る。が、相手がこちらを一生のパートナーに選ぶ、結婚を決意する、という波は最初の波の五倍ぐらい発生が難しい。魅力的でひと癖もふた癖もあるという男たちは、若い頃はたいてい結婚を遠ざけようとするものだ。

†……『猫の時間』

研治は私のことをどう思っているんだろうか。愛してくれているのはわかっている。昨夜も何度もそのことを口にした。だけど〝愛している〟という言葉よりも、もっと深くて強いものがこの世にはある。それは未来を誓ってくれることなのだ。

研治は、私の未来をどう思っているんだろうか。本当に結婚してくれる気持ちがあるんだろうか。だけどそんなことは聞けやしない。女のプライドというものだ。その代わり、思いもつかない嘘《うそ》が、私の口から飛び出した。

「だけど私、困るわ」

ためらいなく言えた。

「だって私、赤ちゃんが出来たんだもの」

†……『悲しみがとまらない』

とにかく結婚というのは、鮮度とはずみというものが大切であるが、オフィスラブには特にこれが言える。もしそういう仲になったら、一気かせいにゴールインまで持ちこまなければ、いつのまにか職場の「隠れ古女房」。

「はじめチョロチョロ、中パッパ、男が泣いてもご婚約」

の精神こそが成功の秘訣なのである。

つまり、最初はプラトニック・ラブを提唱して男をじらしながら相手をよおく観察。そしてGOサインが出て、既成事実ができるやいなや、後は結婚までダッシュをかけよう。チョロチョロの期間は多少長くてもいいが、パッパは文字どおり短期決戦である。

このくらい大変でも、人間ってやっぱりオフィスラブをしちゃうから不思議ですねえ。

†……『幸せになろうね』

女の部屋に入り浸るようになると、別の猜疑心が頭をもたげてくる。このままだと結婚しなくてはならないのではないかという考えは、男の気持ちをいちばん冷たくしていくものだ。

†……『トーキョー国盗り物語』

男というのは本当に変わる。若い時にちょっとどうかナァと見ていた男でも、元が悪くなければどんどんいろんなものを身につけ成長する。はっきり言って、かつてなめきっていた男が、ある日突然自分よりずっと大きな人間になって出現することもあるのだ。女友だちには叱られるかもしれないが、この成長の度合いというのは男の方がはるかにすごい。女の場合は「大器晩成」タイプはあまりなく、賢く愉快な人は、昔からそうでわかりやすいことが多いようだ。

†……『猫の時間』

「ねえ、どういう男なのよ」

「どうってことない野暮ったい男よ。あんなに野暮ったい男も、近頃あんまりいないんじゃない。だけど不思議なことにさ、その野暮ったさがなんとも新鮮に見えてきて、こういう誠実な男もいいかななんて思ったりして……」

「へえー、ヒロミにしちゃ殊勝な考えね。ね、それでもうまくいってんの」

「まさかあ、お互いに清らかな話をするだけよ」

「アハハ」

「だけどさ、自分で言うのもナンだけど、あっちも私みたいなタイプは初めてらしくって、なんとなくまぶしそうにしているのは本当よ」

「まあ、言ってくれますね。だけど新鮮っていうことだけで人間は恋ができますからね。いいんじゃないの」

†……『紫色の場所』

本当に私ってモテないのよね。

「なんで私ってこんなにモテないんだろ」

とひとりでつぶやいていたら、ある男が、

「そんな理由なんか、とっくに自分でわかってるでしょ」

とはっきり明るく答えてくれた。ありがと。

結局、次の男へのジャンプ台といおうか、誘い水となるいい、いまの男がいないというのが、私の大きな敗因であろう。男などというのは納豆みたいなもので、ひとりつかまえるとあとはズルズルくっついてくるものなのに、私は最初の一粒グリコ三百メートルがないのである。


†……『ルンルンを買っておうちに帰ろう』

「しつこく言い寄られるのも困るけど、そうかといって私のことにまるっきり関心ないのも嫌よ。私のことを憧れてはいるんだけど、ちょっと気が弱くて行動に移せない、なんていうのが理想かしら」

「恋っていうのはね、相手を束縛することじゃない、相手を自由にしてあげることなんだ」

「自由に？」

「そう、相手がのびのびと本当に楽しそうに暮らせる、そのことを考えてやることなんだよ」

「でも先生」

品子は小さく叫んだ。

「相手を自由にしたら、もう私のことなんか考えてもくれないし、寄ってきてもくれないかもしれないじゃありませんか。自由にしたらあっちへ行くばかりだわ」

「ははは……」

先生は今度は本当におかしそうに笑った。

「いいさ、ま、いいさ、そのうちにいろんなことを憶えて、自分でそれがどういうことか確かめていけばいい」

†……『天鵞絨物語』

男というのは本当に勝手なものだ。自分はイビキをかいて眠ったり、時たまオナラをしたらしたで、自分にそれだけ気を許してくれているのネと、嬉しくなってしまうのが女。男の寛大さは、はるかにデリケートにできている。ここまで緊張感が失くなったのかと怒るのが男だ。

男に飽きられず、自惚《うぬぼ》れさせず、そうかと言って「オレに惚れてないんじゃないか」という不安を起こさせず、ほどほどのところで張りつめた関係をもつ。これは本当にむずかしい。

†……『女のことわざ辞典』

好奇心の強い私は、以前、恋人だった男に尋ねたことがある。

「ねえ、私のこのだぶだぶした腕の付け根、気にならない？」

「なるよ」

「お腹が出てるの、どう思う？」

「なんとかしてほしいと思う」

ここで私は腹を立てる。

「じゃ、どうして私とつきあってるのよ！　だぶだぶ腕で、デ腹の女とさ！」

男は答えた。

「それも仕方ないから」

この「仕方ない」という言葉に、私は少なからず感動してしまった。この「仕方ない」にこそ、恋愛の一体化、相手を所有したという心理がよくあらわされているではないか。

しかし、この言葉が出てきたのは恋愛初期。やがてそれは「どうにかならないか」になり、「怠《なま》け者の女だ」になり、やがて恋は破局を迎えるに至ったのである。

†……『女のことわざ辞典』

人間は顔じゃなくて心だなどというのはもちろん嘘っぱちだが、その顔の好みにいろいろあるから、人間は恋をできるし、楽しく生きていけるのである。

†……『言わなきゃいいのに…』


昔のことならいざしらず、世の中、ちょっと気のきいた女の子に、男の一人や二人いるというのは、今や常識である。

男たちは、最終的には自分ひとりに絞ってもらいたいと思っているが、前の男と重なる時期もあるのは、仕方ないとまで考えるほどものわかりがいい。

私の男友だちの何人かは、

「過去は問わない。水子霊さえついてなきゃいい」

とはっきり言う。

†……『女のことわざ辞典』

男と女なんて、ひょんなことで会って心を決めるのよ。そのひょんなことで一生を左右されるのが、女の悲しいところだけれどね。

†……『トーキョー国盗り物語』

「悪いけど、まだそんな気持ちにはなれないの」

とはいうものの、舞衣子は〝まだ〟という二文字をつけ加えるのを忘れない。

「私、知り合ったばかりの男の人と、そんなことをしないのよ」

「わかった、ＯＫ」

浜田はコーチから何か助言を受けた、運動選手のような快活さで言った。

「君があんまり素敵だから、ついせっかちになっちゃったよ」

彼もまた〝まだ〟という二文字にプライドを救われたらしい。

†……『花探し』

女心ほど複雑なものはない

恋人がいない間、女は空想の中で忙しい。今度男ができたらああしよう、こうしようといろんなことを考えている。すでにスケジュールができあがっているわけだ。その中で最近いちばん比重が大きいのは、

「恋人ができたら、人前でいちゃつきたい。見せびらかしたい」

ということではないだろうか。みんなこの闘志を秘めて頑張るから、街中はべたべたカップルでいっぱいになる。戦利品を愛撫する男と女が目立つのだ。

そういえば、昔よくマスコミはこんなことを言ってたっけなあ。

「パリは恋人たちでいっぱい。セーヌのほとりで、街中で、彼らは人目を気にせず熱いキスをかわします。何ものにもとらわれない二人はとても素敵。日本でも早くこんな日がくるといいですね」

もう来たってば。予想よりも十年以上早くその日は来たってば。しかし見ている人は誰も喜んでいない。東京はパリみたいにもなれない。無心のパリ組と違って、東京組からはあまりにも「意地」と「勝利感」がにおってくるためだろうか。

†……『ウフフのお話』

この世には、電話をかけやすい女のコというのが、確かに存在しているのだ。それはどういう女のコかというと、こちらが電話をかけても決して負担にならないコである。過大にものごとをとらない、先まわりして人の心を考えない女のコといってもよい。昔の私のように、たまに電話がかかってくると、

「私に気があるのね。私とデイトしたいんだわ」

とすぐに上ずった声が出たり、警戒心から声が固くなる、というのは論外である。

……『美女入門』

私はこのごろよく考える。世の中にどうして払わされる女と、払ってもらうのが当然だと思っている女の二種類がいるのだろうか。

「男の人にごちそうしてもらうんじゃなくちゃ、お酒なんか飲まないわよ」

などとのたまう女が、この世界にはごまんといることがやっと私にもわかってきた。ああ、本当に腹が立つ。そしてくやしいことに、そういう女ほど、早々と結婚してしまうのである。

「あなたの気持ちわかるわ。私だっていつも伝票をとってしまうほうなの。払ってしまう

義理も筋合いもなくても、つい伝票を持って立ち上がってしまうのよ。これはもう性格なのね」

と、ため息をつくような友人は、たいていの場合、売れ残りである。ひとりぼっちで働いて、クリスマスにもプレゼントを一個ももらえないような女だ。

†……『ブルーレディに赤い薔薇』

世の中において、不幸なハイ・ミスというのは実に多いようである。いや、いい年齢《とし》になるまで男と結婚できない——そのこと自体がすでに大きな不幸なのである。

†……『花より結婚きびダンゴ』

容貌も性格もどこといって難がないが、縁遠い女というものがこの世には存在する。結婚をはなから否定したり、制度を疑問視したりする頑《かた》くなさも、思想もあるわけではない。それに関しては「ついていない」としか言いようのない女だ。いくら楽しい日々をおくっていても、ふと立ち止まることが何度かあった女だ。

†……『さくら、さくら　おとなが恋して』

「だけどさ、自分の中にすごくスケべったらしい気持ちがあるの。まるでドラマみたいなことを考えているのよ。笑ってもいいわ。ある日突然、すんごい素敵な男と知り合って恋に陥ちる……なんてことを本気で思っちゃうことがあるの。そのためにはチャンスをつくんなきゃいけないって、今日みたいなパーティーに出て、それからみじめになる。ま、よくあるパターンだけどさ」

†……『トーキョー国盗り物語』

以前、独身で仕事をしている友人がこんなことを言っていた。

「イブの夜は、天国と地獄の分かれ道よね。男とちゃんとすごせて、ホテルの一室で夜が明けていけば、ああ、よかった。こんなふうに生きていくのも悪くないなあって思うけど、男にあぶれたら、もうお終い。もう、こんな暮らしはイヤ。来年こそは絶対に結婚するんだって、なんか涙が出てきちゃったりしてさあ……」

†……『満ちたりぬ月』

病気になったら心細いし、ゴミは出さなきゃいけないし、猫は飼えないし、いたずら電話はかかってくるしと、ひとり暮らしというのはしんどいことばかり。ひとりで生活しようとすることは、たくさんの代償をはらうことだ。言いかえれば、たくさんのものをひきかえにしないと、自由は手に入らないんだということを私たちは知る。これってきっと将来役立つよね。

男の人に愛されたいと願う時、自分の自由はかなり束縛されるのだという覚悟もできる。こういうのを本当にいい女だと思うのだが、世の中はなかなかそう認めたがらない。

…………『マリコ・ジャーナル』

私はこの年になってやっとわかったことがある。他人の恋愛にむやみに興味を持ちたがる女というのは、決して主人公にはなれないのだ。

「あの人とあの人とはデキているらしい」

という噂に異様に興奮したり、張り切って言いふらす女というのは、絶対に、「デキているらしい」方の女の人になれないのである。

人の噂話が好きだからデキないのか、デキない体質だから人の噂話が好きなのか、このへんのところは玉子とニワトリの関係に似て非常にむずかしい。

が、私が観察したところ、デキやすい女、つまり噂話の主人公になりやすい女というのはもの静かな人が多い。神秘的という言葉は古めかしいが、自分の私生活をあまり明かさないものだ。特に男性関係に関しては、ものすごく慎重である。

「すっごくモテるんですって」

と水を向けても、

「ふ、ふ、ふ……」

と笑うだけである。私はこの〝ふ、ふ、ふ〟がデキる女の鍵を握っているのではないか
と思う。

†……『美女入門』

恋人がちゃんといる女というのは心に余裕がある。余裕があるから、ほかの男性にも寛大な気持ちを持つ。

「いまはちょっと間に合ってるから、次の恋人候補としてとっておこーっと。それまでは友達として楽しく遊んでいればいいんだわ」

かくして、彼女のまわりには、複数の男たちがふわふわと漂い、いざというときはすぐスペアになってくれるのだ。

†……『マリコ・その愛』

あまり先のことは考えたくないワという女は、心に余裕が出てくる。この男とどうにかなっても、すぐに次の男が現れるだろうと明るく予感できる。だから男に対して、あまり情をそそがない。すると男はますますつくしてくれる。執着心を燃やす。レディスコミックを見なさいよ。このテの女ばかり。現代は、少々薄情の女の方が、ずっと男にモテるのだ。結婚もすんなりと決まる。ま、世の中、こんなものかもしれませんけどね。

†……『女のことわざ辞典』

女のコを何年かやっていると、むずかしい問題が時折生じてくる。つまり、この男の人はずうっと友人のままにしておくか、それとも恋人に昇格していいのかという選別である。男の友だちとしてはすごく楽しい。気は合うし、電話一本ですぐ来てくれる。こちらが失恋した時は、ちゃんと愚痴を聞いてくれてとてもやさしい。あんまり楽しくないけれど、あちらの彼女のことだってちゃんと知っている。

が、モノのはずみといおうか、浮き世の義理といおうか、そういう男友だちとそういうふうな関係になってしまうということは時々起こるものだ。この後、たいていの女のコは、深い後悔にとらわれる。この後の展開がうまくいかないからだ。

「長いつき合いの友人が、ある時恋人に変わった」

などという神話は、あまり信じない方がいいかもしれない。やはり〝友人コース〟に振り分けておいた男は、〝恋人コース〟に移行するとどこか物足りない。

†……『美女入門』

「恋人橋を渡りそこねて、友だち池にぽっちゃん」

これは私がつくった〝ことわざ〟だが、友人たちに評判がいい。実感があるワと、みなが誉めてくれる。

私は仲のいい男友だちが何人かいるが、その中には、昔そういう気配が無きにしもあらず……というのも……いた。知り合ってしばらくたってから、二人でお酒を飲んだ帰り、そんなことが起こりかけたこともあった。しかしなんといおうか、間をはずしてしまったのである。

これは私の持論であるが、男と女のことは、ほとんどがもののハズミだ。そんなふうに考えていなくても、そんなことがあると、たちまち二人は熱烈な恋におちいる。

「女の愛情は、その男と寝てしまったことの言いわけである」

これも私がつくったやつ。相手のことをよく知らない。知らないからこそ知りたいと思う、単純な好奇心。それが明日への大恋愛へとつながるのである。

気ごころが知れて、すっかり仲よくなって、憎まれ口のひとつも叩《たた》くようになると、照れくさくってそんなことはできやしない。近親相姦をしているようだ。恋はとにかく短期決戦をおすすめしたい。

†……『女のことわざ辞典』

世の中の女がいかにエリートというものに弱いか、この頃やたら見聞きする。桐箱入りのメロンは、そうめったに店頭に並ぶものではない。メロンという名がついていても、小汚なかったり、形がいじけていたりしているものも山のようにある。が、メロンならそれでもよいという女たちの何と多いことであろうか。「トーダイ」「ショウシャマン」「オークラショー」と聞いただけで、体がくねくねしてしまう女がいる。

私ももちろん嫌いではないが、年の功でメロンにもいろいろあると知った。汁気のないひからびたものは、決して食べたいとは思わない。けれども女の子たちは、みずみずしい柿には見向きもせず、メロンと名がつけばそれでいいと考えているようだ。

そして私はわかった。恋というものはふつう対象物があり、それと反応し合うことにより、感情が上下していく。相手が嫌な面を見せれば、昂《たか》ぶったものは当然下がっていく。が、記号に恋している限りこういう心配はない。記号は変化しない。記号は裏切ることもない。男を見ずに記号を見ている限り、女の恋心というものは決して冷めていくことがないのである。有機物ではなく、無機物に恋をしている女はびくともしないのだ。

†……『皆勤賞』

例えばよく私は、「身持ちが固い」とか、「男性に対してしっかりしている」などと言ってほめられることがあるが、これは言いかえれば男にモテないということに違いない。一度でいいから「奔放」と言われたいというのが、目下のところ私の夢である。あ、「淫乱」なんていうのもいいですなぁ。「男運がない」なんて指摘されるのも「男縁がない」と陰口をたたかれるよりずっと素敵。

†……『今夜も思い出し笑い』

魔性の女……。なんと美しい響きを持つ言葉であろうか。女と生まれたからには、一度ぐらいこういう名で呼ばれてみたいものである。

「ねえ、ねえ、どうやったら、世間から〝魔性の女〟って言われるわけ」

私はさっそく物識りの友人に電話をしてみる。

「そりゃ、やっぱり、男を狂わせなきゃダメよ」

彼女が言うには、その男というのは、そこらへんにころがっている若い男ではない。十分に思慮があって、しかも社会的地位が高くないと話はおもしろくないのだそうだ。

「だけどその男に実《じつ》をつくすっていうわけでもないのよ」

魔性の女について喋《しゃべ》ると、人はつい古風な言葉遣いになるような気がする。

「どこか心ここにあらずっていう感じで男とつきあう。そしてますます男は離れられなくなる……」

聞けば聞くほど、魔性の女というのはおもしろそうではないか。それに魔性の女に、男の人はお金をうんと使ってくれそうだ。

†……『こんなはずでは…』

会ったその日にベッドに行き、そして離れられない仲になって結婚を誓い合う……。なんていうシチュエーションはめったに起こらない。なにかの拍子に、

「ずっと一緒に居ようね」

「もう別れたくないよ。運命だよ、僕たち」

などと言う男もいるかもしれないが、それはマナーというやつで、プロポーズではない。それを間違えると恥をかくから気をつけるように——。この時の会話を、男はたいてい忘れてしまうものだ。

†……『女のことわざ辞典』

シルクだろうと、プラチナだろうと、いい下着をばんばん着て、ばんばん男に見せる機会が増えれば、またいいものを着ようと思う。

そして、たまには男からプレゼントされる。

この年齢になって私はわかったのであるが、モテるとか、いい女になるというのはすべてが循環である。

どこかでつまずくと、

「機会が少ない↓かまわなくなる↓見せたくなくなる↓機会が少なくなる」

という最悪のパターンが動き出すのだ。

†……『南青山物語』

モテない、モテないとたえずこぼしている私であるが、あえて言わせてもらえば、私は好きでもない男に迫られるということを苦痛に感じる性格なの（ホント）。好きな男を追う。頑張って自分のものにすることにエネルギーを使い果たし、好きでもない男にいい顔見せる体力は残らない。そりゃ、ちょっとしたプレゼントをもらったり、いいところでご馳走してもらえば嬉しいですよ。人知れず「ラッキー！」なんてつぶやいて、自己満足にひたることもある。しかし、それは二回、三回までだ。好きでもない男と嫌々デイトするぐらいなら、うちへ帰ってテレビを見ていた方がいいと、たいていの女なら思う。

†……『女のことわざ辞典』

女というのは、まあ確かに図にのりすぎているきらいはあるが、そう馬鹿ではない。なにが本当のやさしさで、なにがただの〝マメさ〟か、ごく本能的に見分けることができる。特にベッドの中ではね。あの時ほど、男の本領が出る時はないと、私は思っている。何も特殊なテクニックを使え、ライトSMをしろなどと、私は言っているわけではないのだよ。

君たちのパートナーは、ベテランの年増《としま》でも、その道の達人でもない。おそらくは、若い女の子たちだろう。彼女たちは、本に書いてある〝歓《よろこ》び〟など、それほど望んでいないと思う。その時こそ、彼女たちが求めているものは〝やさしさ〟なのである。髪の毛をなでてあげる、ちょっとしたしぐさ、頰《ほっ》ぺたをつまむ、〝ありがとう〟の額へのキス。

そういうことが、ごくナチュラルに上手に出来る人こそ、素敵な男の子だと思うなあ……。

†……『どこかへ行きたい』

誰にでも経験があると思うが、都会にはエアポケットといおうか、ちょっとした物陰というところがある。たとえば、西麻布の地下のバーで、上まで長い階段が続いているところがある。その階段の下なんかキスをするのにぴったりだと思う。

私は思うのであるが、人前でキスをしたがるのはまだまだ子どもである。ちょっとした大人であったら、人の目を気にしたり、あるいは自分たちの行為をわざと誇示したりする行為はめんどうくさいと思う。それよりもちょっとしたブラインドの元でした方が、ずっとずっとカッコいい。

桜の季節にはちょっと早い青山墓地、その近くの人気《ひとけ》のない歩道橋、代官山の裏道の長い坂、気がつくと街中には素敵なところがいっぱいだ。

地方にだっていいところはいっぱいあるぞ。京都は恋人たちにとっては最高の場所だが、ややお金がかかるのが難点。そこへいくと横浜や湘南で一泊というのは、やはりお薦めかもしれない。九州福岡のホテルには、各フロアに一部屋だけのセミスイートがある。そこのジャグジーがあるお風呂は海につき出ているのだ。朝焼けの中で、好きな人とジャグジーに入ったら、もう外国映画の気分であろう。

†……『美女入門』

よく女性雑誌が唱える「男と女のいい関係」は、一朝一夕に出来るものではないのだ。十代の頃から真にぶつかり合う相手を得られない女たちは、その種類の訓練をされていない。それは彼女たちにとってとても不幸なことである。

†……『猫の時間』

「どういう心をもってすれば、あんなチンチクリンの男と、楽しそうに腕なんか組んでいられるのかしら」

私なんか面クイだから絶対にイヤ。みんなが振りかえるような男とでなきゃ、腕なんか組まない。

若い頃は、そりゃツッぱっていた時期もある。「人間は心よ。外見じゃないわ」と、まあ本気ではないものの、一応建前《たてまえ》としてぶっていた。しかし、年増になってつくづく思う。

「やっぱりルックスがよくなきゃ、最初からそういう気分になれない！」。これは大きな真実であろう。

†……『女のことわざ辞典』

私はミエっぱりである。

特に男に対してそれがひどい。

他のことでは正直に、ありのままを言うのをモットーにしているのに、オトコのことでは冷静ではいられない。

「どうしてかしら」

と友人に言ったら、

「ミエをはらなきゃ成立しない部分だからじゃない」

とのこと。見抜いていて怖《こわ》い。

†……『南青山物語』

女の子がいちばん大切にする服は、ウインドウでひと目惚れして買った服だ。女の子だったら誰でも感じる「私のために存在しているんだ」という、運命的な出逢い。お洋服で出来ることが、どうして恋人で出来ないんだろうか。どうしていつもバーゲン品の男で満足してしまうんだろうか。ウインドウの前を通り「この男は私の男だ」と思う気持ちを大切にしてほしい。女が二十年近く生きていれば、しっかりした美意識や好みが生まれているはずだ。好きな髪のかたち、背の高さ、喋り方、笑い方というものがある。それを貫いてみる。そういう男と愛し愛されることの幸せを想像してみる。とにかくその男に執着し、その男を手に入れるために努力してみることだ。万が一、うまくいかなくても、その記憶と、ほろ苦い思いだけで、彼はあなたの「運命の男」になるに違いない。

†……『強運な女になる』

「あなたは結論を出して、男を選んだでしょ。あのね、人っていうのはしょっちゅう間違いをしちゃうものなの。こっちを選んだ後で、あっちの方がずっとよかったと思うことはよくあることよ。でもぐっと我慢して、自分が選んだものを大切にしなきゃいけない。あっちの方がよかったっていつまでも言うのは子どものすること。大人の女は、意地汚い真《ま》似《ね》をしちゃいけないわ……」

†……『茉莉花茶を飲む間に』

私は他人の恋愛問題を聞くのがひどく好きで、いかにも親切っぽくふんふんうなずきながら、相手になってやるのであるが、女というのは、どうして自分の都合のいいように解釈するのだろうかと感心する時がある。

「愛し合っていたのに」という言葉がひんぱんに出てくるのであるが、かのトーマス・マン先生もおっしゃっているではないか。

「恋人はふたとおりの人間で出来ている。それは愛している人間と、愛されてもいいと思う人間だ」

私は夫婦もんとか、つき合っている男女を見るたびに、よくもまあ、この言葉が真実であることとかと感心するのだ。うんとわがままを言い、さまざまなものを要求する女には、目を細めてそれをかなえてやろうとする男がいる。あるいはその反対の場合だ。

もちろん、こんなエラそうな口をきいてはいるが、私とて、恋愛している時は、どちらかだったのであろう。そういえば最近知り合った女友だちは、こんなことを言ったっけ。

「生まれて初めて好きになった男にフラれた時、私、心に誓ったのよね。今度恋愛する時は、もし男が十愛してくれたら、私は八愛そう。男が八だったら、私は六だってね。そして次につき合った男は、もうメチャクチャいじめてやったのよ」

こんなことを思い、こんな過去を持ち、人はそれでもまた恋愛というゲームに挑むのであろう。そして優位に立ったり、または落っこったりしていくのであろう。

†……『愛すればこそ…』

全く男っ気がない女に恋のチャンスは訪れない、などということは誰でも知っている真実だ。適度に男と戯れ、適度にセックスはしておかなくてはならない。敏行をその相手だと考えれば、そう腹が立つこともないだろう。やがてしかるべき相手が現れれば、百パーセントのものを出しきればいいのだ。

けれどもその相手は、いったいいつ、どこで見つければいいのだろうかと、いきつくところはいつものため息なのである。

†……『anego』

女って本当に勝手で可愛い

自分と似た女なら、勝つ自信はいくらでもある。今までだって打ち負かしてきた。けれども全く違う女は、いったいどうしたらいいのだろうか。

私はまだ見ぬ優子という女におびえていた。清らかで、無邪気で、愛らしい女におびえない女がいるだろうか。

†……『ピンクのチョコレート』

「あなたもふつうの女の子ね。三角関係の時、女は必ず相手の女を恨むんだから」

博が女たちにもてるのはあたり前だと思う。熱愛されるのもあたり前だと思う。

†……『茉莉花茶を飲む間に』

いまや博は、はるかに私の優位に立っていて、私に出来ることといえば、決して本気ではない嫉妬《しっと》をすることなのだ。泣くのはいいが怒ってはいけない。

恋人の不実に怒ることが出来るのは、愛されているという自信がある女だけなのだ。私にできることといえば、愛らしく泣いたり、肩を嚙んだりすることだけだった。

†……『次に行く国、次にする恋』

「あなたがこれ以上、秀児さんにちょっかい出すようだったら、私も黙っていないわ。どんなことしてもあなたと切れてもらう。ねえ、女と男のことに、古い、新しいもないと思いません、愛されている方が勝ちなのよ」

†……『ピンクのチョコレート』

現代の恋愛において「母親の要素」というのは、もはや不可欠のものなのである。女に軽くいなされ、ちょっぴりいじめられ、そして世話をやいてもらわないことには、男は安心できないようなのだ。

当然、軟弱な部分は増長されるばかりである。そしてまた、やわな甘ったるいタイプになるにつれ、彼はますますモテるようになる（はっきり言って、私もこのタイプ、嫌いじゃありません）。

すると必ず、もう一人の女が現れるのですね。不思議なことに、彼女は、以前からの恋人にそっくり。適当に可愛くって、適当に頭がよくて、そしてかなりのプライドと気の強さを保持している。まあ、いまどきの女は、ほとんどがこのタイプである。

男はまた気が弱いもんだから、この二人の女の間を右往左往する。うまい嘘をつけないのも当節の男の特徴だ。

「だって、あっちが会ってくれないと泣いちゃうって言うんだもん」

「二人でお酒飲んだりすると楽しいんだもん」

正直といおうか無邪気といおうか、言葉のたれ流しをするのですね。もちろん、相手の女は怒り狂ってしまう。

†……『女のことわざ辞典』

言いわけは、言ってみれば、大人の言葉のおやつみたいなもの。

†……『愛すればこそ…』

「嫌いな男の人とセックスしたわけじゃない。そんなことが出来るのは、娼婦か最低の女たちだ。愛情とはいえないかもしれないけれど、好意や尊敬、憧れっていった気持ちは持っているのだもの、それで寝たとしたって何も悪いことはないわ」

よく世間の人たちは、ことが露見したときに、女のことを非難する。仕事のために男とベッドを共にしたというのだ。が、それはあまりにも一方的な見方だとこのごろの沙美は思う。好きになった男が、たまたま権力を持った男だった、などという綺麗ごとを言うつもりはまるでない。が、そうした男女の間にも、ちゃんとした感情は育っているのだ。愛情によく似た甘やかなものが存在しているのである。

だから何も非難されることはない。今までの恋人とは違った感情を育て、それによって自分が多くのものを身につければいいのだ。そしてそうしている間に、本物の恋人となるべき男が現れたら、再び本物の恋愛を始めるのだ…。

†……『コスメティック』

簡単に男と寝るのは、ほどほどのレベルの女である。美しくない女は劣等感のために警戒心が強い。美しい女は自負のためにさらに警戒心が強い。

†……『年下の女友だち』

「確かに私は可愛いと思う。得したこともいっぱいあるよ。嫌なことはその一割ぐらいあるけど、みんなやっかみだからどうってことはない。だけどさ、私の顔がちょっとばかりいいからって、美由紀が損ばかりしてもうつき合わないっていうんだったら、私は本当に悲しいよ。絶望っていうのを知ると思うよ。だってさ、顔のことなんか私の責任でもないし、私がつくったものでもない。そんなもののためにさ、たった一人の友だち失くすなんて、すっごくおかしいと思わない」

†………『年下の女友だち』

二人で飯倉の方へ向かって歩く。一緒に並ぶと、思っていた以上に彼は背が低かった。スポーツで鍛えた肩が張っているために、ますます小男に見える。

もしも万一、この男を愛することがあれば、この背の低さも気にならないようになるのかと、ふと奈央子は考える。そんなことが自分には起こりそうもなかった。それは誰か別の女に訪れる出来ごとだろう。

もし自分にある種の才能、心映えといっていいものがあればどんなにいいだろう。それは自分を愛してくれる男をすぐ好きになることが出来る、シンプルで善良な心である。そうした可愛らしさを持った女は、すぐに幸福になれる。けれども自分にはそれがなかった。悲しいけれども本当のことだ。

†………『anego』

いつまでも

だいたいね、一度でも自分が関係した男は、いつまでも永遠に立派であってほしいものだとは誰でも願うことじゃないだろうか。

街の真ん中でばったり出会って、

「ども、ども」

などと男がバツの悪そうな顔で遠ざかったりする。

その後ろ姿を見ながら、

「あれ、あんなに小男だったたっけ」

「あんなにひどい服のセンスだったけかな」

などと感じることぐらい、女にとってみじめなことはないような気がする。

†……『夢みるころを過ぎても』

自分が振った男は、今となっても、立派な絵に描いたようなエリートでなくては困るのだ。美しい思い出話に酔えなくなってしまう。

ちょっと誇張し、いろんなことに目をつぶると、過去の失ったものは、極彩色の輝きを帯びる。そしてそれをネタに、女たちは後悔するふりをするのが好きなのだ。

そりゃ、そうだ。これだけ利にさとい私たち、それだけの価値のある男だったら、どんな手を使っても、とっくに結婚していたはずだ。過去の男はやっぱりそれだけの男。現在を一生懸命生きている女には無用のものよ。他の女にあげましょう……。

†……『女のことわざ辞典』

昔の恋人からの電話は、甘さや懐かしさよりも倦怠感を篠田博子にもたらした。

「やれやれ……」

小さなため息をつく。男というのは、どうしてこれほど自惚《うぬぼ》れが強いのであろうか。いつまでも相手の心の中に、自分が大きく巣くっていると信じているのである。

けれどもたいていの場合、女が逃れられないのは現在の男と、せいぜいがその前の男ぐらいのものだ。十数年前の男など、どうして憶えているだろうか。

†……『みんなの秘密』

「酔ったから言ってしまうわ。女って初めてキスをした男の人のことって、絶対に忘れられないものね。きっと自分のいちばんいい時代と重なるからでしょうね」

男と女はいつか別れる時がくる。それまで女にたくさんの愛情と思い出をそそいでやれば、女は決して恨《うら》んだりはしない。だから男と女はもっとのびのびと愛し合い、ベッドを共にすべきなのだ。

†……『みんなの秘密』

†……『男と女のキビ団子』

「ひとりの男にはひとりの女しか必要ないわ。そんなこと、三十になってわからないの」

†……『さくら、さくら　おとなが恋して』

愛し合っていなくても、セックスをすれば、本当にそういう気持ちになることがある。いつもは服の下に隠されている部分を見せ合うということは、大きな秘密を見せ合うということだ。肌と肌を合わせ、お互いの湿気を皮膚から吸い取っていくうちに、いとしいという目に見えない湿疹《しっしん》が出来てとてもかゆい。ひとりでいるとかゆくてかゆくてどうしようもなくなって、信じられないぐらい幸福になる。

けれどもそれがいったい何になるんだろうか。私はかつての恋人たちと交した、多くのささやきを思い出す。

「好き、好き、愛してる」

「僕だってそうさ」

「ものすごく好き」

「もう由美なしじゃ、生きていけないよ」

こうやって固く抱き合った後でも、別れはやってくるのだ。

†……『死ぬほど好き』

私は嫉妬とか愛とか憎しみといった感情は、人間が生きて、心を持ち続けている限りずうっと続くものだと思っていた。が、それは違う。どれほど強く心を占めていたものもいつかは消えてしまうということを初めて知った。それも徐々にではない。ある日突然に、多くのものが消え去ったことを、私は今でも魔法のように思い出す。自分でも自分の心の変化にあっけにとられた。そして同時にやわらかくあたたかいものが、ひたひたと私を包んだ。これで別れられる。私の心の中で誰かがつぶやいた。これでもう大丈夫だよ。

†……『死ぬほど好き』

「官能」という名の魔法

その気があるからそういうふうな下着をつけたのか、その下着をつけたからそういうふうな気になっていくのか。女と下着の関係は、ニワトリとタマゴ問題にもおとらないほどむずかしいのであるが、女には自分でもわからないほどふわふわととぶ日がある。ひとつの決着をつけるような気分で、派手な下着を選ぶ日がある。そんな時、女はこれから起こる運命をかすかに予感しているのかもしれない。

†……『ルンルンを買っておうちに帰ろう』

「私がバージンだった頃、アレというのはめくるめくものだと思っていた。だって本にはそう書いてあったんだもの。だけど事実はまるっきり違う。その途中で、はてこの手はどこへ置いたらいいんだろうか、ここでこんなふうにするとデ腹が見えないかしらと、とにかく頭も使い、気も遣うものなのよね」

†……『ワンス・ア・イヤーⅠ』

初めて恋をして、セックスを知った女の子が、どういう行動をとるか、もう想像がつくだろう。「夢の中」という言葉があるけれど、まさにそのとおりだった。心がたえずふわふわ揺れている。たとえば、晩ごはんのお菜の煮物だとか、ふくれっつらをする妹の顔だとか、節穴だらけのわが家の天井とか、私があまり見たくないと思うすべてのことに、薄いもやがかかったようになる。私は雄二のことだけを思い、雄二のことだけ祈り続けた。

平凡で、ほこりくさい私の日常に、信じられないほど美しい時間が、光のように差し込んできた。それが雄二と会っている時の私だった。

†……『ローマの休日』

ラブホテルの近くの喫茶店で、ちょっとみじめさを共有しながら、モーニングサービスのゆで玉子を割るような男だったら、間違いなくあなたに惚れているといってもいい。男が女の部屋に泊まった場合、朝ごはんをここで食べて帰るというのは、彼女の存在をその日いちにち、しょって帰るというのに等しいのだ。

†……『ルンルンを買っておうちに帰ろう』

よく「男の気持ちがわからない」と女たちは深刻そうにするけれど、あれは嘘ですね。あれだけ恋にかけては悪賢くて敏感な女たちがわからないはずはないのだ。ましてや、いっしょに〝寝た〟ことが一度でもあるのなら、その答えはとうに出てるはずである。いい答えが出た女は、それを甘い飴《あめ》みたいに何度もしゃぶりたいんだし、悪い答えが出た女は、他人からあきらめるな、といってもらいたいばかりに女友だちに真夜中に電話することにくるはずだ。

本当に〝寝て〟しまえばすべてがあきらかになる。知りたかったことはすべてわかってなる。

†……『ルンルンを買っておうちに帰ろう』

私の苦手《にがて》な範疇《はんちゅう》に入る話題であるが、嫌いな男を論じる時に、やはりあのことをはずすわけにはいかないであろう。

好きだからああいうふうになった、というのは、小娘の理論であって、私のように経験(といっても、大したことないけどサア)を積むと、その反対のことの方が多いのではないかと、はたと思いあたったりするわけだ。

つまり、ああいうふうになったから好きになった、という方が、案外真実に近いような気がする。私は女の男への愛情というのは、半分はシテしまったことへの言いわけに違いないと思っているのだよ。正直なところ。

†……『南青山物語』

機が熟し、愛し合っている二人がぽたりと果実を落とすような初体験というのは、どのくらいの数にあがるのだろうか。そう数は多くないに違いない。たいていは若い男の性欲と、こちらの好奇心とが混ざり合い、からみ合い、やがて女が屈していくというケースがほとんどであろう。

†……『みんなの秘密』

セックスとか、酒とか、出会うということがそのまま少女時代の終りとなるものは、この世の中にいっぱいある。

†……『ルンルンを買っておうちに帰ろう』

セックスが好きな女っていうのは男たちに歓迎されるけれど、お金と名声が好きな女というのは、はっきりいってあんまり好かれない。そのふたつをすでに手に入れた女は、男たちは大好きなのにね。

†……『ルンルンを買っておうちに帰ろう』

男が部屋を出ていったあとの、気だるい遅い午前、食器を水につけたままでレコードなんて聞いている。すると電話が鳴る。とる前から誰からかわかっている。

「あ、僕だけどいま会社。なにしてるのかと思ってさ」

「いまお茶わん洗ってたの（こういうとき女は、生活のにおいをやたら漂わせたがる）」

「いいわすれたけど、いろいろサンキュー」

「いーえ」

「今夜どうすんの」

「まだきめてなぁい」
「じゃまたTELするよ。じゃーね」
こんなのが私の理想的な後朝《きぬぎぬ》の別れですね。

†……『ルンルンを買っておうちに帰ろう』

キスをすれば愛が生まれると信じていたこともある。キスから愛が芽生えるのだと誰かに教わった。けれどもそんなことは嘘だ。こうして生まれたままの姿になり、お互いの胸の規則正しい音を、まるで自分のように聞く。さまざまなことを許し、許されることの恥ずかしさと喜び。これを知らないうちに、どうして恋したなんて言えるんだろう。

†……『バルセロナの休日』

「君はなんて素敵なんだ。なんて素晴らしい体をしているんだ……」
セックスをするということは、共通の秘めやかな記憶を持つことで、その中で声は大きな要素になる。相手が街中では決して発しないかすれた声を聞き、その思い出を所有することだ。

†……『ロストワールド』

「ずっと前からこうしたくてたまらなかったんだ……」

男はささやく。けれども男は初めての時、必ずそういうものだ。夫もそうだったし、夫と出会う前の男も、夫と別れた後の男もみんな同じ言葉を口にしたものだ。男と寝るということは、九〇パーセントの差異と一〇パーセントの共通を確かめることかもしれない。

†……『ロストワールド』

男が女を裸にし、抱き締めた時に知り得る多くの秘密は、そのまま彼の喜びになるが、それは女とて同じである。

†……『不機嫌な果実』

おぼろげながら、淳子にはわかってきている。この世には二つの世界があるのだ。シャツを着て、スカートのジッパーをきちんと上げて行なわれる世界と、最後の一枚まですべて脱いで行なわれる世界。こちらのことは、誰も話してくれなかった。話してくれたとしても、ごく上っつらのことだけだ。こんなふうに煌々《こうこう》とあかりをつけて、からだの奥まで覗き込まれることが、こんなふうな気分だとは、誰も話してくれなかった。

†……『短篇集 少々官能的に』

男と肉を腹いっぱい食べ、酒を飲む。そして暖房をつけたままの部屋へ行き、お互いの服を剝ぎとる。これ以上の幸福があるだろうか。
自分が男に抱かれ、狂おしげに接吻《せっぷん》される。これが幸福でなかったら、なにを幸福というのだろうか。

†……『断崖、その冬の』

キリコは思う。一流の会社に入る。一人前のクリエイターになるなどということが、どれほどのものだろうか。男に愛されるという事実の前では、すべてが色あせるような気がする。
愛されるということほど、力強い肯定があるだろうか。そしてこれほどの幸福があるだろうか。

†……『星に願いを』

男と女が出会い、セックスをしたら、男の方が絶対に得をしている。これはあたり前過ぎるほどあたり前のことではないか。そうでなかったら、男はどうして売春婦に金を払ったりするのであろう。
いくら「愛している、愛している」とつぶやき合って足をからめたりしても、男の方が与えられるものはずっと大きい。

†……『不機嫌な果実』

百合子は言った。

「愛してるわ……」

空虚な言葉だとは思わない。これを男に対してではなく、自分に向けて言っているからである。自分を高揚させ、慰撫《いぶ》するために、百合子は坂田と寝る時にいつもこうつぶやいてみる。言葉は魂を持っていて、特に「愛」や「死」という言葉は、唇を離れたとたん不思議な威力を発するものだ。百合子はたちまちのうちに、愛する男に抱かれるのだという幸福に包まれるのである。そのうえ「愛」という言葉は、たいていの場合谺《こだま》のように返ってくるものだ。

「オレも愛してるよ、すごくだ……」

坂田はおごそかに言う。これも百合子は嬉しい。他人の口から漏れる「愛している」という言葉ほど貴いものがあるだろうか。百合子はそれを拾い集め、掲《かか》げたいと思ったことがある。それほど有難《ありがた》かった。せつないほど嬉しかった。

†……『みんなの秘密』

「愛してるよ。好きだ、どうしようもないくらい好きだ」

二人はきつく抱き合った。唇を離した男は、もう一度つぶやく。

「愛してる。もうどうしようもないくらい愛してる」

真実に変わる。


「私もよ」

そう応《こた》えたとたん、それは絶対無比の、真実に変わる。

「愛してる、愛してる……」

†……『断崖、その冬の』

本当に愛している男と寝た女は魔法をかけられる。他の男と肌を合わせることはもはや出来なくなるのだ。そんなことをしたら、体中に悪寒《おかん》が走り、そこかしこ鳥肌が立ってしまうだろう。

†……『不機嫌な果実』

自分を抱こうと手を伸ばす直前、彼の切れ長のひと重の眼がどのように光ったか。

「寝ようか」

と言った時の声のかすれ加減を、記憶の壺から取り出しては、飴のように舌にのせて味わう。何度も何度もしゃぶっているうちに、いくつかの記憶は麻也子の唾液のために少し形を変えていたかもしれぬ。しかしそれでも麻也子は構わない。男をこれほどいとおしく思い出すことが、またあろうとは思わなかった。

自分は恋をしているのだ。

この結論は麻也子を有頂天にさせる。そうだ、自分は本当に恋をしている。

†……『不機嫌な果実』

そもそも、男と女が親密になるというのは、やはりすごいことなのだ。ベッドを共にする。おむつの時以来、親にも見せたことがない箇所をお互いに凝視したりする。果ては触っちゃったり、いろいろする。もうこうなれば怖いものなし、好きな男のことは、もうほとんど許せるのはあたりまえ。

イビキをかけば、まあ男らしいと思うし、オナラをされれば、まあ私にこんなに気を許してと微笑ましくなる。乱暴なことをされれば、それはそれでいい。つまり愛し合っていさえすれば、無礼もご愛敬なのね。

「デリカシーがない」

「思いやりに欠ける」

などと言い出すのは、かなり気持ちが冷めた時である。

†……『女のことわざ辞典』

いや、あれとこれとは別のものかもしれない。女による不安や悩みを解消してくれるのは、他の女のやわらかい体だけなのだ。世の中には、男女の大変な揉《も》めごとの最中に、別の新しい女とことを起こす男がいる。いったい、どういう神経をしているのだろうと非難されるが、原岡には彼らの気持ちがよくわかる。苦悩や思惑なしに抱けるまっさらな体ぐらい、男の心を癒《いや》してくれるものがあるだろうか。他の女の体の無邪気さが、女によって疲れた男を救ってくれるのだ。

†……『ミスキャスト』

「あの時の気持ちを何ていったらいいんでしょうか、風がピューピュー吹いてくる穴が、ピタッてふさがったっていう感じなんです。サムソンさんは言ってました。セックスっていうのはそういう働きがあるんだって。心だ精神だなんてめんどうくさいことを言わなくてもいい。お腹が空いた人間に、あったかいごはんとお味噌汁を飲ませるようなもんだって。体にいちばん効くことなんだって。それを聞いて、私は割り切って考えられるようになりました。私がこの夫と幸福な生活を維持していこうと思ったら、サムソンさんとのことは必要だって」

†……『年下の女友だち』

自堕落なことぐらい甘いものはない

「でも、あんな男に抱かれたくはないわ、絶対よ」

容子がきっぱりと否定したのだ。

「朝起きて、ベッドの傍に、あんな男の人が寝ているかと思うとぞっとするわ。私、男の人を選ぶ時、この人とは朝までいられるかどうかっていうのを、まず基準にするわ。一回や二回の遊びならともかく、朝、もう一度抱かれたいと思う男じゃなければ、絶対について行ったりしない」

†……『短篇集　少々官能的に』

本当に大人になるといろんなことがわかってくる。

世の中は純愛ばかりではない。好きだからセックスするというわけでもない。お金のために男の人に抱かれる女の人はいっぱいいるし、快楽ということだけで自分から誘う女の人もいる。

†……『ローマの休日』

ふん、ラブホテルなんて、二流のセックスをしに、二流の人間が行くところなんでしょう。私のようなゴージャスな女は、シティホテルに行くべきであった。あそここそ「大人の情事」が存在している場所なのである。

†……『街角に投げキッス』

男と寝るということは、新しい価値観を見出すことである。しかもその価値観は、自分だけが知っていることだから、ますます楽しい。

†……『女のことわざ辞典』

麻也子の唇は男のそれでふさがれた。昔から煙草を吸わない野村の唇は清潔である。舌は重みを持って、麻也子の口腔を刺激する。

男とこういうことをしたことは、何百ぺんもあった。野村とも、かつては飽きるほどキスを交した。それなのに、失くなるはずもない麻也子の舌を探そうとでもするように男の舌がゆっくりと動いている間、麻也子の後頭部では、声が出ない蟬《せみ》たちが羽をすり合わせている。特別の空気と時間が流れているようなこんな感触は、初めて男の子とキスをした十五の時以来だ。

†……『不機嫌な果実』

別れたけれど、その男とまた寝たい、と思うことほど自堕落なものはない。そして自堕落なことぐらい甘いものはない。

†……『不機嫌な果実』

新しい男と出会って新しい恋をするというのならば、それは確かに夢想であるが、昔の男と再びよりを戻すということならば、それはただちにいつでも現実にすり替わるやわらかさを持っている。もう着ないと思い、クローゼットの奥深くしまった上着を、もう一度とり出して着るというのはとても簡単だ。

†……『男と女のキビ団子』

和美は、さっきからためらっていた質問をすることにした。

「ねえ、前から聞きたかったんだけど」

「はい、どうぞぉ」

おどけて首をかしげる容子だ。

「あなたみたいに恋愛をいっぱいして、華やかに生きてきた人が、一人の旦那で満足できるものなの？　そういう女って、どういうことを考えながら生きているものなの？」

「子どものことだけ」

即座に答えた。

「子どもだけを生き甲斐にして、これから先も生きていくんじゃないの。たぶんね……」

†……『短篇集　少々官能的に』

この頃麻也子は、過去の男たちを思い出すことが多くなった。

その男たちとのベッドの上でのことを考えると、みんな違っていたような気もするし、誰もが同じようだった気もする。ただそれぞれの場面に、きらめくような一瞬があり、それを繋《つな》ぎ合わせると、大層美しく官能的な物語が出来上がる。女なら誰でもそうするように、麻也子はそれを時々小箱から取り出して眺める。

†……『不機嫌な果実』

Chapter2

上手な男との別れ方

「もう、さよならにしたいの」

恋の終わりの時というのは、誰にでもわかる。

「また電話するよ」と言ったきり、何日も音沙汰《おとさた》がなくなる。人の話をうわの空で聞くようになる。

「ゴールデン・ウイークの予定、早くたてましょうよ」

とこちらが言えば、まだ先のことはわからないと口をもごもごさせ、そして直前のキャンセル。およそ何が嫌だと言われても、男の電話を待ってやきもきするぐらい嫌なことはない。

†……『マリコ・ジャーナル』

あの頃、君はよく言っていましたよね。

『私たち、結婚するのよね、きっとするのよね』

僕はいつのまにか君の言葉に動かされ、本当にそうだと思うようになっていきました。

けれどもある日、突然わかったのです。僕たちはこれ以上一緒にいてはいけないんだって。本当に突然です。うまく説明出来ないけれど、心からそう思ったんです。君にはわかってもらえないかもしれないけれど、人の感情ってそういうものなんです。ある日ストンと落ちることもある。多分、本当のことを言ったら、君は僕のことをなじったでしょう。おそらくずうっと、ずうっと。もう駅で待っていたりしないでください。もう時間を元に戻すことは出来ません。君は出来ると思っているかもしれませんが、それは不可能なんです。それをわかってください。

†……『悲しみがとまらない』

男の心が少しずつ自分から離れようとしている。その手ごたえは、女だったら誰でもわかる。わかりすぎるほどわかるから、それを打ち消す材料を探そうと必死になる。

†……『イミテーション・ゴールド』

私は少し泣いていたかもしれません。恋をなくすということは、女にとって行き場所をなくすことと同じだと私は初めて知りました。

†……『テネシーワルツ』

許せない、許せないとつぶやくことは、たえず彼を思いうかべていることだった。復《ふく》讐《しゅう》をしてやりたいと考えることは、彼に会いたいと願うことだった。

†……『悲しみがとまらない』

執着や憎しみを持たれずに、男と別れるのは、女にとって死ぬよりつらい。男の記憶の中で、しなやかな女になりさえすれば、それで気はすむのだ。

†……『短篇集　少々官能的に』

苦しいのは、本当に心を決めかねて夜泣くのは、愛している男の人にどうやって別れを告げるかということだ。こちらは愛してる。けれど向こうの愛は冷めている。あるいは、最初から愛の分量が違う。〝好き〟のちょっと上ぐらいの愛情だったのを、こちらが長い間、都合よく解釈していた相手。

〝もしかしたら〟と何度つぶやいたことだろうか。

もしかしたら、本当に愛してもらえるかもしれない。

もしかしたら、プロポーズしてくれるかもしれない。

けれども、そんなことをつぶやくことが、空しくなる日がきっとくる。ちょっと頭のいい女の子だったら、相手の男の心の中なんかかなり読めるだろう。

愛してもくれない男に、時間と心を費やすと本当に悲しくなる。勇気を出して言ってみよう。

「もう、さようならにしたいの」

†……『マリコ・ジャーナル』

なにしろ初めて恋をする中学生ならともかく、大人というのには浮世の義理というのがある。つきあいと言い替えてもいい。それまで、楽しくベッドのおつきあいをしていた女性を、新しいのができたからといってそう邪けんにもできないはずだ。たとえ、心をこちらに移していたとしても、きっぱりと彼女たちを拒否する、などというのは、ふつうの男にはむずかしい。

「すまないが、君よりもっと好きな女ができたんだ。悪いけどもう連絡してこないでくれ」

などというのは、レディスコミックだけの世界。まず期待しない方がいいだろう。

こちらとの新しい恋に燃えながらも、あちらの方との距離を次第に開《あ》け、会う回数を減らし、「自然消滅」というカタチにもっていきたい。ことをあらだてずに、あちらの女に悟ってほしい。男というのはいろいろ計算している。それも彼なりの誠意である。

†……『女のことわざ辞典』

たいていの女がそうだと思うのだが、私も男の嘘がそう嫌いじゃない。開き直られるよりはずっとマシである。

「君にいろいろ言われる筋合いはないね。誰とつき合おうと僕の勝手だろ。だいいち、僕たちは恋人っていうわけでもないし」

などと言われたら、気の弱い私など自殺するかもしれぬ。

†……『女のことわざ辞典』

私はすべてのことが空しくなった。失恋した後の気持ちは、した人ならわかってくれると思うが、まわりにうっすらと、もやがかかったような気分になる。仕事だとか、友人と通っていたエステティッククラブ、英会話などの習いごと、それらすべてが「それがどうした。どれほどのもんじゃい」と吐き捨てたくなってくるのだ。

「僕も自由でいたいけれど、君も自由でいい」

†……『ローマの休日』

歳月というのは人間になんて都合よく出来ているんだろう。私は彼のこういう言葉にも、そう胸が痛まないようになっている。そう、私は諦《あきら》めることを知ったのだ。それは時間をかけてあまりにもゆっくり行われたので、私は恋の最初の頃をうっかり忘れそうになることがある。私は激しく彼を求めている時があった。姿も見えない、その存在すらも確かでないライバルに嫉妬し、キリキリと何度もつらい深呼吸をしたものだ。

けれどもうそんなことはしなくてもいい。うまく自分の心を慣らしていって、うんとドライな女になればいいのだ。ちょうど博の心の分量だけ、私の心も減らしていく。秤の上で注意深く薬を調合するように、そろりそろりと私の方を軽くして、やがてぴったり同じにするのだ。そしてそんな日が来たら、きっぱりと博と別れよう。それが私に出来る彼への復讐《ふくしゅう》のような気がした。

†……『次に行く国、次にする恋』

女のさようならは、命がけで言う。後戻りできないくらい強くはっきりと言う。

それは新しい自分を発見するための意地である。そして後ろを見ずに席を立つ。電話にも絶対出ない。

これが出来る女だったら、もう心配ない。このあと男はいっぱい寄ってくる。私がそうだもん！　ホント。

†……『マリコ・ジャーナル』

こちらの方で別れ話を持ち出し、男に却下されると、すぐに退《ひ》き下がる。あの時、強引にことを進めていれば、その男は私の歴史の中で「ふった男」として永遠に残るのだ。それなのに、一応こちらがおとなしくなりしばらくたった頃に、男は突然別れ話を口にする。

そして勝手なことに、

「君が別れようって言った時に、そうかなあと思って考え始めた」

なんてひどいことを言う。そして私の立場はいつのまにか「ふられた女」ということになるではないか。全くこんなのありイ？　こんなの、許されること？

†………『マリコ・ジャーナル』

私は最近になって、よおくわかったのであるが、男というのはつくづくプライドの高い生き物ですよ。女から別れ話を持ち出されることに耐えられない。もう愛情を失った相手だとしても、自分の掌から、ぽろっと落ちるのは嫌なのだ。この意地汚い未練を、愛だ、恋だと思ったら大間違いである。


しかし意地汚いといえば、こちらも相当に意地汚い。私の友人もたいていそうなのであるが、次の男が現れるまでは、今のを何とか確保しようという、そういう気持ちが強い。

「レストランを予約する時、最初イタリアンに電話したんだけど、チャイニーズの方がいいなあって思う時があるじゃない。だけど、チャイニーズの予約とれてから、イタリアンをキャンセルするわよね。その反対の人はいないと思うわ。男だって同じよ」

またこんな言い方をする友人もいる。

「気に入らないコートだって、とりあえずひっかけてると寒さを防げるわ。何もなくて寒い思いするよりいいじゃない」

†……『強運な女になる』

うちのリビングで、ふかふかシャギーに寝そべって、おせんべなぞかじりながら女性週刊誌を読みあさる。あー、極楽、極楽。

私はいま「上手な男との別れ方」というページを読んでいる。

ふーん、なになに、

「決心をして彼と話し合おうときめた夜は、なるべく古い下着を着ていきなさい」

ものすごいひと言である。女心のキビに、これほど深く鋭くふれた言葉があるだろうか。だから私って女性週刊誌と離れられないの。

そうだわよねー、さんざん洗いざらして、ゴムのゆるくなったようなパンティと、黄ばんだブラジャーを着た日の女ほど、貞操堅固な存在があるだろうか。いくら寝室を真っ暗闇にしたところで、女の気持ちというのは、古い下着を着ているという一点に、煌々《こうこう》とライトがあてられるはずである。

†……『ルンルンを買っておうちに帰ろう』

私にも経験がある。妻子ある男と別れるとなると、ぐずぐずと時間がかかる。いざとなると相手がこちらを手放したがらないからだ。その意地汚さが、まっすぐな愛情のように思えてきて、こちらも二の足を踏む。ごたごたがあり、小さな修羅場があり、というあの時間は、まさに恋の醍醐味《だいごみ》を味わえるときだ。若い男の時よりも数倍も濃密な時が過ぎていく。

†……『年下の女友だち』

「恋の傷をいやすには、新しい恋をするのがいちばん」

私の尊敬する先輩作家がこんな風なことをおっしゃった。

私たちが老いた時、あの年はどんなだったろうかと考える時がある。そのチャートとなるのは、決して仕事ではない。私たちはその年を、その季節を、どんな人とめぐり合い、どんな人と愛し合ったかということで記憶しているのだと。

フラれたといじいじと憶えているのは、自分で自分の季節を汚すことなんだ。フラれたなんてもう言わない。こういう場合「失恋」という便利な日本語がある。愛し合ったけれどもタイミングがはずれてしまっただけなのだと、美しいストーリーをつくればそれでいいんだ。

そう、記憶なんて自分でいいようにつくり変えりゃいいんだ。誰かに〝嘘つき〟と咎《とが》められるわけじゃない。

「私は生まれつきモテてたんだ」

とにかくそう思う。そう信じる。

卑下した過去から、明るい未来が生まれるはずがないんだもの。

†……『美女入門』

「恋の傷をいやすには、新しい恋をするのがいちばん」

昔こんなことを、日吉ミミも歌っていたではないか。

本当に新しい恋ぐらい、失恋にきく速効薬はない。女というのは、いったん恋をすると、心もからだもとてもよく練れていくようである。一人の男にたがやされた心は、次の男をとてもうけいれやすくなるぐらいまでやわらかくなっている。よく私たちは、次から次へと男をとっかえる女を「インラン」といってののしるけれども、あれは彼女の心がとてもいい耕地になっていて、男という種がやってきやすくなっているのだ。

†……『花より結婚きびダンゴ』

「本気で夫と別れるつもりの女は、あなたみたいにお気楽な顔をしていないわ」

「鏡を見せてやりたいわよ。好きな男とデートしに出かける、若い女とまるっきり変わらない顔してるわ」

「そんなことないわよ。いろいろ悩んでいて、相談があるから会うのよ」

「本気でね、亭主と別れたいって思ってる女はね、もっと醒めてて怖い顔をしてるわよ。人間決断をする時っていうのはね、どんないい加減な女でも、もっと凜《りん》としてるものよ」

†……『不機嫌な果実』

「ねえ、前に朱子に話したことがあるでしょう。恋はデザートみたいなものだって。それがなくても生きていけるけれども、なかったらとっても淋しくてつまらない人生だって」

「よく憶えてないわ」

「あのね、デザートは主食にならないの。たまにそういう女の人がいるわ。パンやご飯を食べなくて、甘いものだけで生きている人。〝恋多き人〟なんて言われても、そういう女の人はいびつで悲しいわ。私もね、もう少しでそういう女の人になりかけたことが何度かあったの。でもね、今ならわかる。主食があるからデザートはおいしいの。ちゃんと自分の力で立って生きていくから、恋は素敵なの。朱子、遅いかもしれないけど、私もパリへ

「どこがお気楽よ」

主食を見つけに行くわ。だからあなたも、いつまでも失くなったデザートのことを考えるのはもうやめてね」

†……『東京デザート物語』

最近、「火の無いところに煙は立たない」という言葉は、別の意味もあるのではないかと思うようになった私。ほら、ジャズの名曲であるじゃないですか、「煙が目にしみる」というやつ。

「激しい火のような恋が消えつつある。それはくすぶって煙となり、私の目にしみこむ。ああ、つらいわ、悲しいわ」

というような意味だったと思う。つまり、恋をしなければ、それに続く空《むな》しさも、悲哀も味わえない。恋の苦しみは、人生をうんとおいしくする隠し味なのだ。いい女になるための栄養素でもある。つまり「火」がなきゃ、人間は成長しないというお話。

「火」の女となって、「火」の恋をいっぱいする。これからの女はこうでなきゃね。

†……『女のことわざ辞典』

思い出を持てない女は、大人になれない。

†……『悲しみがとまらない』

Chapter3

男は女の鏡

選んだ女を見れば、男がわかる

松茸は松茸ということだけで人を屈伏させられるが、男はエリートということだけでは人を魅きつけることができない。

†……『ウフフのお話』

話が飛躍するようであるが、私はシメジが大好物である。八百屋さんに行くたびに三パックは買ってしまう。おみおつけに入れてもいいし、炒《いた》めてもおいしい。これは私の男性観に微妙に影響しているのではないだろうか。

肩書きがすごい人や、財産を持っている男性はもちろん大好きだし興味もあるが、実際におつき合いするとしたら、私はやはり中身があってついでに見栄えのいい人がよいなあ。エリートとかお金持ちというのは、その存在を楽しむだけにあるという感じがする。

†……『ウフフのお話』

「男がどんな女を選んだか見れば、その男の持ってるコンプレックスがすべてわかる」

†……『マリコ自身』

このごろつくづく思うのであるが「男は女の鏡」である。選んだ男に、女の価値観や人生観は投影されるのだ。

†……『原宿日記』

男のコンプレックスというのは、女のコンプレックスより、はるかに屈折している。特に容姿に関しての劣等感というのは、複雑怪奇だ。

「男は顔じゃないのよ。そんなことを考えてはいけません」

と親に言われて育ち、そして自分もそうなるように努力したのだろう。

そこへいくと、女の子の場合はもっとあっけらかんとしている。器量がいい悪いという問題は、幼いときからつきつけられるが、それゆえに対策を練る時間も長い。

おまけに最近の女の子たちは、化粧もうまくなったし、おしゃれのコツも知っている。

「個性的」という言葉は、不美人をほめるときに使うというが、誰もみんなとても個性的でチャーミングだ。

女がいつも自分の容姿でくよくよと悩み、そして悲観しているという考えは、実は男たちの妄想なのだ。そしてこういう妄想を抱く男たちこそ実はいじいじとした思いで鏡を見つめているのだろう。

そして、らいらくな振りをして、わざと声高に喋《しゃべ》る。

「あのブスがよオ。あのチビがよオ」

そういうことを喋る権利は男であるだけで自分たちが有していると思っているから余計始末に困る。

†……『マリコ自身』

面白いことに、地味な女は派手な男が好きかといえばそうでもなく、派手な女が地味な男を好きというわけでもない。

「地味の派手好み」という定義は、もっぱら男から女に対して成立するようなのだ……。

†……『そうだったのか……!』

男というのは鏡に向かう時、いったいどんなことを考えるのであろうか。やはり女のように、

「自分は美しい顔をしているのか」

などと問いかけるのか。

私はできることなら、男が鏡に向かう時間は、最小限、かつ義務的であってほしいと思う。ヒゲをそるからという必然だけにとどめておいてほしい。

なぜなら、男が女と同質のエゴイズムを持っては困るのだ。自分が優れた容姿を持っていると自覚した女性の冷たさ、勝手ぶりはさんざん見聞きしている。それを身につけた男というのは、想像するだに怖ろしいではないか。男がエバるネタは、体力と頭だけにしてほしい、と私は思う。

しかし、考えてみると、男というのは悲しい生き物かもしれない。私のような偏見を持った女が多いから、俳優でもない限り、しみじみと鏡を見つめることができないはずなのだ。

「私ってキレイ？」

という、女だったらよくする質問も、男だったらしてはいけないことになっている。

だから男は、鏡の前で長い時間をすごす、美しい女が好きなのかもしれない。

†……『今夜も思い出し笑い』

ひとつ、男は過剰なものが嫌いだ。

ふたつ、男は説教する女がもっと嫌い。

†……『そう悪くない』

男というのは勝手なもので、「尻軽な女」というのを軽蔑するくせに、その反対の「まるっきり男っ気のない女」というのも、揶揄《やゆ》の対象とするのである。

†……『幸せになろうね』

男というのは、自分の女の舌が肥えていると思いたがるものらしい。僕の彼女は全くの味音痴で、などと言う男を見たことがない。神谷も大沢も、舞衣子は若いくせに味がよくわかると誉《ほ》めてくれたものだ。セックスと舌に関しては、いい教師といい生徒という関係を、男はつくりたいのかもしれない。

†……『花探し』

いい男の基準

昼の魅力と夜の魅力を兼ね備えた男性は、そういるとは思えない。

†……『昭和思い出し笑い』

本当の男の醍醐味というのは、平凡な外見の、スーツを着た男たちによって味わえるというのが私の持論である。

「いかにも女を抱きそうな男じゃなくて、そんなことをしそうもない男と、そういうことをするところに、女としての本当の楽しさがあるんじゃないかしらん」

†……『踊って歌って大合戦』

男というものは、ワインリストを手にしている最中、さまざまな思惑でいつもしかめ面になる。

この女にどれほどの金を使えばいいのか。

この女はどれほどワインに詳しいのか。

この女は、この後抱かせてくれるだろうか。

いくつかの値踏みと懐具合を考えた末に、男はソムリエを呼びつける。そして重々しく指さすのだ。

「まずはこれを——」

†……『不機嫌な果実』

男が払ってくれて当然だと思っている女。ご馳走《ちそう》さまも言わない女。あまつさえプレゼントを要求する女。

が、こうした女性の方がモテるのは、確かだ。なにしろ男の子たちがこういう女性が好きだとはっきりと口にし始めたのである。

今さらわかってもせんないことであるが、やっと私は理解した。男と女というのは精神的SMで成り立っているのである。今までは認めることをよしとしなかったのであるが、現代の若い男たちははっきりと自分の中のM気質を肯定している。なめられる男になることを望んでいるのだ。しかし彼らも時にはS気質になり、いたぶる相手を探す時がある。尽くすタイプの若い女の子は、彼らのエジキになっていくのだ。

現代は優しい女にとって受難の時なのである。

†……『踊って歌って大合戦』

まあ私は1人で商売を張っていることもあり、自分が接待することも多い。どちらかといえば気がいい方だと思うし、人にご馳走するのは決して嫌いではない。

しかし私が許せないのはケチな男と遭遇《そうぐう》することである。

「仏の顔も三度まで。女の財布も三度まで」

いつもおごってくれたり、いろいろ世話をしてくれたり、またはこれから私の心とカラダもお世話してくれそうな男性だったら、私は喜んでガマ口を開けようではないか。しかし、一度、二度、三度と続けて私に払わせる男というのはやはり嫌いだ。たとえ、かゆをすすっている貧乏サラリーマンであろうと、一度ぐらいはしっかと伝票を持つ私の手をおさえ、

「ハヤシさん、そうたびたび男に恥をかかすもんじゃない」

と言ってごらんなさいよ。私なんかすぐに感激して手を握りかえしちゃうから。

†……『南青山物語』

世の中には、女に対して特殊な情熱を持つ男がいる。たいていの男は、その情熱を実現することが出来ないが、ごくたまに金の力を持って自分の思うとおり生きる男がいる。

†……『ロストワールド』

「金が目当てだってわかっていても、男はやっぱりそれが嬉しいのよ。どうしてあんな女に騙されるのかって人は思うかもしれないけれど、本人だってやっぱりわかっているのよ。でもね、それが男の度量の大きさのように考えたり、愚かにもなれる自分が嬉しかったりするんじゃないかしら。あのね、私、この年になってはっきりわかったことがあるわ。ある種の男の人にとっては、真心とか誠意なんていうものよりも、女の狡《ずる》さの方がずっと心

をかきたてられることがあるのよねえ……」

†……『ロストワールド』

「いい男」――、それは主観の問題だ。主観の問題であるから、こちらに都合のいいことが起こってくれなくては困る。それなのに、最近は早熟化や、情報過多やらいろいろな条件が重なって、たいていの男は誰かの持ちものになっている。それだけでその男は、大きな減点を強いられるのだ。

自分のものじゃないと思うと、やることなすこと、まあ憎ったらしいこと。彼女とのことをのろけたりすると、まあなんてだらしない男と思い、グチや相談を持ちかけられたりすると、本当に女々《めめ》しい奴《やつ》めと思う。

しかしよく考えてみると、人が人を愛するという行為は、ネックレスをするよりも、刈り上げをするよりも、はるかに女っぽいことかもしれない。そしてそういうことにありつけない私のような女は、

「この頃の男ときたら、まるっきり女と同じでぇ」

とわめいているに違いない。自分のことを思い出せば、いちゃいちゃ寄ってくる男だって、かわいいとも雄々《おお》しいとも思ってたりしてたんだもの。結局は主観、そお、主観の問題よォ。

†……『南青山物語』

気のおけない女同士ならともかく、男性と食事に行って、ハンドバッグを持たずに立ちあがることは許されない。私はいっぺん試してみたら、たちまち男の目が非難の鋭いまなざしになった。

「だらしない女だ。トイレに行くのに、バッグを持たずに行ったな。お前みたいなのが、トイレットペーパーを、さあっと破いてハンカチに使い、切れっ端を手にくっつけてもどってくるんだ」

とその目は語っているようであった。それに対して私は〝この店はローラータオルがあるのよ。だから手ぶらで行っても平気なの〟とまさか反論できない。そして私たち二人の間には気まずい沈黙が一瞬流れるようなのである。

女のハンドバッグに対して、男はなにやら神聖な思いをもっている。それ以上に、清潔なハンカチに寄せる思慕はすごい。そんなものは今や、ローラータオルにとって替わられようとしているのだが、彼らは納得できないようだ。

†……『チャンネルの5番』

なぜか男の人というのは、

「私、熱しやすく冷めやすいタチなの」

という女性がとても好きだ。少なくとも、粘着質の性格なのといわれるよりもずっと喜ぶ。

「よしオレが、いつまでも冷めないようにしてやるぜ」

と負けん気を起こすのか、

「その方が、後くされがなくていい」

と勝手なことを考えるのかしらないが、「私、熱しやすく……」というセリフが始まると、たいていの人がニコニコするではないか。

†……『言わなきゃいいのに…』

くたびれた中年男に、もう人はエキサイティングなことを求めない。人間と容姿というのは、それほど深く結びついているのだ。

†……『世紀末思い出し笑い』

「結構ひとり暮らしが気に入っちゃったんですよ。女房に死なれた男っていうのは、みじめったらしく思われることもありますけど、なんだか同情されることも多いんですよ。少々だらしない格好をしていたり、酒を過ぎたりしても許される。これがなかなかいいもんでしてね。特に水商売の女性たちからやさしくしてもらえるんです」

†……『さくら、さくら　おとなが恋して』

そう、私の言う男らしさなどというものは、たいしたものではない。まあ言ってみればりりしさと置きかえられるものであろう。

りりしさとは、自分の欠点を静かに見つめ、それを甘受しようとするいさぎよさである。

†……『南青山物語』

結局ですね、男なんか強ければそれでいいのだ。実際に強くなくたって、強いふりをしていればそれだけで女は満足できるものなのだ。

†……『夢みるころを過ぎても』

男の人には二種類いる。キスをする最中、相手の女の子のことをヘタか、うまいかと考える男のタイプ。つまりこの女の子は遊び慣れているか、そうじゃないか、様子をうかがいながらキスをする。そして一方は、一生懸命キスをするタイプ。抱いている女の子のことを、可愛いな、いとおしいなという心でいっぱいになる男の人。

†……『東京デザート物語』

――この男のいいところは――

舞衣子は思った。

——突然すけべになるところだわ——

生まれも育ちも悪くないし、一流大学と言われるところを出ている。世間の人々は、大沢のことを上品なおっとりした男と思っていることだろう。その男が愛人を囲い、その女相手に卑猥《ひわい》なことをしているとは誰が思うだろうか。

——すけべそうな男がすけべなことをしても、ちっとも感じやしない。やっぱりこういう男がそういうことをしてくれなくては——

†……『花探し』

Chapter4

花より結婚……

結婚する最大の幸福と最大の不幸

結婚が決まったとたん、嫌なことがぽろぽろ露見する男と、おまけがいくつもついてくる男とがいる。

†……『男と女のキビ団子』

言っておくが、男というのは、女よりもずっとデリケートなところがあるよ。結婚というものに対し、口には出さないけれど夢をもっているのだ。

「朝目ざめると、愛する人が傍《そば》で寝てて、そして二人でおいしいコーヒーを飲んで……」

などということを本気で想像しているわけだ。

†……『女のことわざ辞典』

結婚というのは聖と俗で成りたっているが、そのほとんどが俗の部分である。その俗を楽しくどうすごすかということに、学歴も地位も関係ない。

†……『強運な女になる』

結婚前というのは、どんなに仲のいいカップルでも喧嘩《けんか》が絶えないそうだ。恋しているだけでは結婚はできない。現実というものに向けて歩き始めると、嫌でもいろんなトラブルは起こってくるものらしい。

†……『ウエディング日記』

恋愛する時、人は目をつぶってしまうところがある。ともかく仲よくなって、勢いをつけたい。そうすれば、こんな欠点も気にならないようになるだろうと期待する。あるいは、いろんなことを見て見ないふりをする。手っとり早く「恋すること」に酔おうとするのだ。けれども「結婚」は、じっと見つめなければならない。相手の欠点からも、自分の欠点からも逃げ隠れできないのだ。それをどう判断するかはイチかバチ。恋愛みたいに、イヤになったら、〝即〟おしまいというわけにはいかないのだから。

†……『ウエディング日記』

「でも人って結婚する前ってみんな単純になるもんだろ。みんな幸せになることだけを考えて、エイって川を飛び越えるじゃないか。オレたちに出来ないはずはないよ」

†……『ロストワールド』

「シンデレラ願望」がない女なんて、私はまずいないと思う。

女の幸せなんて男次第――この真実を、たいていの女の子たちは自分の母親を通して知っていくのである。

†……『花より結婚きびダンゴ』

その時、私はわかったのである。人生の大きな真実をだ。

「結婚した女は、もう結婚することができない」

もちろん不倫して、離婚するケースも残されているが、一応結婚した女は、勝負を下りた、ということになっている。そう、結婚した私は、はっきりこう言おう。

「結婚したことの最大の幸福は、結婚できないんじゃないかという不幸から逃れられたこと。結婚したことの最大の不幸は、誰と結婚しようかなあ、と考える楽しみを失ったこと」

うん、我ながら名文句だと思うわ。

†……『ウエディング日記』

多くの若い女性から質問をうける。

「結婚したメリット、デメリットは」

「以前のように仕事が出来ますか」

私は答えながらふと思う。そりゃデメリットはたくさんあるよ、だけどトータルで幸福になればそれでいいじゃないか。

結婚も仕事も、幸福になるためのひとつの手段にすぎない。幸福になるためにやってみて、それが失敗してもいいじゃないか。

私は不平不満をたえず口にしている女が大嫌い。自分で選んだ道を、いつも他人のせいにしているからだ。あんなにいろんな理由にされる「結婚」って、本当にかわいそう。

†……『強運な女になる』

結婚というのは、かなりいい社会的システムだと私は思う。

とにかく違った境遇を手に入れることができるし、合法的にセックスを楽しめるようになってくると、精神的、肉体的にもその安定は大きいものがあるようだ。

よく若いOLたちが、

「会社もつまんないし、いっそのこと結婚でもしちゃおうかなあ」

とつぶやくが、私もそれには大賛成。

「結婚というのを逃避と考えていて、けしからん」

と目くじらをたてることはないと思う。

「結婚でも」という言葉には、多分に彼女たちの照れが混じっているし、そもそも結婚というものが、それほど高尚な思想で成りたっているとも私には思えない。

それに人間というのは、よっぽど恵まれた環境にいない限り、「継続」というものに対して嫌悪感を抱くものではないだろうか。ごくごく本能的に「節目」というものを求める気持ちが、私自身にあてはめてみるとよくわかる。

だから私は、すべての人が素直に結婚というプロセスに飛びこめばいいと思うし、私もそうしたいと思う。

しかし、世の中にはいろいろ事情がからんで、私のように単純に物ごとを考えられない女も多いようなのだ。

「いま結婚したら、仕事が中途半端に終わってしまう」

と悩む友人も、私のまわりにはかなりいる。

「いいじゃないの。中途半端で消滅しても。どうせ、私やあなたがやっている仕事なんてたいしたことがないんだから」

などと私は堂々と言うので、彼女たちの憎しみをかってしまうのだが、これは私の本音。

普通の女の子で、普通に生きてきたならば、誰もが「幸福な結婚」の要素をもっていると私は思う。なぜなら、女のナルシズムというのはかなりのもので、その中でもいちばん強いのが「いい妻になる」という自己満足なのである。

非常に気のつく奥さんになり、夫の世話をあれこれと焼き、子どもの教育もちゃんとする。団地の自治会も欠席せず、親戚の冠婚葬祭もつつがなくすませる。

自分でもそう思うけれど、他人からも

「なんていい奥さん」

と言われる。

女にとってこれほどの自己満足があるだろうか。

†………『花より結婚きびダンゴ』

「どうして私は結婚しなかったんだろうか」

という言葉と、

「どうして私は結婚出来なかったんだろうか」

という言葉とでは、天と地ほどの違いがある、と思っていたのは昔の話で、そう大差がないとわかり始めたのが二十八歳という年齢である。

前者の言葉にはまだ女のプライドや見栄というものがあり、後者にはない。ただそれだけの話だ。が、私に関して言えば、

「どうして結婚しなかったのだろうか」

という言葉も本当だし、

「どうして私は結婚出来なかったんだろうか」

という言葉も本当だ。端的に言えば、プロポーズしてくれた男はどうにも好きになれなかったし、惚れていた男は私とは結婚してくれなかった、実にシンプルな話だ。

†……『死ぬほど好き』

妙子の恋人に対する愛情は、もう溢《あふ》れそうなほど充ちている。これを収納する当座の容器は、もはや結婚しかないのであるが、これについて妙子は非常に老獪《ろうかい》になっているといってもよい。なぜなら前の恋人は、それが原因で逃げ腰になってしまったからである。恋愛の行きつく先に、必ず結婚があるという健全な考え方を妙子は持っていたが、どうやらそれは時代遅れらしい。そういう思考というのは、女の顔にくっきりと表れ、男から敬遠される原因になってしまう。だからあくまでも、結婚に関しては醒《さ》めた女のふりをしなくてはならない。ことあるごとに、
私はまだやりたいことがいっぱいある、
若く結婚する女の人って信じられない、

などというフレーズを口に出すことが大切だ。

†……『死ぬほど好き』

「結婚はしないのか」
「とんでもない。もう結婚なんてこりごりだわ」
私はごくありきたりの返事をしたが本心ではなかった。一度離婚した女は、たいていもう結婚なんかしないというものだが、半分は嘘で半分は本当ではないかと思う。また同じようなことが起こってはたまらないという警戒心と、たまたま自分は運が悪かったのだ、今度はきっとうまくやってみせるという意気込みとがごちゃ混ぜになる、というのが正しいだろう。

†……『死ぬほど好き』

夫っていうのはいいもんだ

会って五回目で、すごく明るく「結婚しよう」と言ったから、私はヒェーッと驚いてしまった。私のこと、何にも知らないんでしょう。私なんかと結婚したら大変だよォと、何度も言ったんだけれど「それでもいい。好きだから結婚しよう」とさらに強く言った。

いまの私にはよくわかる。この単純さが、結婚なんだよね。恋愛の時みたいに、わざとこんがらからせて、深刻にして、そのプロセスを楽しむっていうテクは使わなくてもいい。

「好きだから結婚しよう」

そうだよね、こんな単純なこと、どうして誰も言ってくれなかったんだろう。

それから彼は約束してくれた。

「ずうっと愛し続けて、ずうっと幸せにしてあげるからね」

そう、幸せになるってことも、私はずっと忘れていたような気もする。

†……『ウエディング日記』

それにしても夫っていうのはいいもんだ。ま、他の人が見ればいろいろ意見もあるだろう私のウエディングドレスも、惚《ほ》れた弱みで最高のものに見えるらしい。

「こんな美しい人が、僕と結婚するわけ」

なんてあきらかに興奮している。

すごいな、結婚って。私のことを、世界中でいちばん綺麗で素敵な女性だと信じ込む、男の人が現れるっていうことなんだものね。

†……『ウエディング日記』

ただ、私の傍にいつでも使用できる男が横たわって眠っている。しかもその男は法律的にも、私だけが使用可（一応）となっている。

その安心感だけで私は満足できるような気がするのだ。

†……『夢みるころを過ぎても』

あんまり大きな声では言えない計画ではあるが、私は人妻になったらうんとインランになろうと心に決めているのだよ。もちろん、私は夫によってインランにしてもらうつもり。

他の女はどうだかしらないけれど、私は独身のうちにあんまりソレを知ってしまうことにすごく不安があるのだ。なぜなら恋人というのは、ひどく気まぐれな関係であるから、ある日突然打ち切りというのも十分考えられることだ。その際盛り上がった当方としては、次の男を探して右往左往しなければいけない事態に陥るのではないか——。いつも私にはそんな一抹《いちまつ》の不安があって、いまいちのめりこめないのである。

そこにいくと、夫婦というのは継続の状態でしょう。当然こちらからいくらでも要求できるのではないかと、私としては考えるわけだ。

恋人には「お願いします」とは言いづらいけれど、自分の夫には百回ぐらい言えそうな気がする。そして夫だってそう簡単に拒否できないような気がする。

†……『夢みるころを過ぎても』

一人でいる時には好きな本をいくらでも読むことができたものを、結婚したとたんに亭主のメシに合わせて、電気釜《がま》のスイッチを押さなければならない。まあ怒りをかわない程度の掃除というものも、いちおうはやるべきだ。わずらわしいといったら、本当に結婚ぐらいわずらわしいものはないであろう。

しかし、私はたくさんの女たちに言いたい。家庭の犠牲になりたくない、と言い切るほどの仕事や人生を、あなたは持っているのだろうか。どうせあなたも私も平凡な女。ノーベル賞をとるなどということは絶対に無理だし、たいした仕事ひとつせずに多分この世を去ることになるのだろう。

それならば、結婚、出産という人生のフルコースをおいしく、たっぷりと味わった方がずっと賢いと私は思うのである。

†……『花より結婚きびダンゴ』

私は多くの若い女性に言いたいが、結婚生活に対して過剰な幻想を描かない方がよい。真っ白いエプロンをつけて、大好きな彼のためにハムエッグとミルクティの朝食をつくりたい……などというのは現実とあまりにもかけ離れている。結婚というのは、「○○してあげたい」という献身の甘やかさが、ひとつひとつ消えていくということである。最初にきっちりと考えた方がいい。

「私も疲れて寝坊したいこともあるから、基本的に朝ご飯は自分でつくってね」

このくらいビシッとしなければダメです。私なんか最初にいい奥さんを演じようとしたために、さまざまなことを未だにひきずっている。うちの夫は、朝は紅茶とトーストしかとらないくせに、自分でやるのは絶対にイヤだという。自分ひとり起きて、パンを焼くぐらい腹の立つことはないいんだそうだ……。

†……『美女入門』

お互いにボロは見られっぱなしであるが、それが決して嫌にならないのが夫婦の不思議さである。私が女友だちと長電話するのを聞いて、夫はため息をつく。

「僕はさ、女きょうだいいないし、母親はあんな風だろ（注・すごく上品でキレイ）、君と結婚して、女がこんなに下品でえげつないって初めて知ったよ」

「下品で悪いかヨー、えっ、おっさんヨー」

私はわざとすごんでみせて、相手の首なんか締めてやる。すると夫はフッフッと苦笑するのだ。つまりどんな私を見せても、面白がり、いとおしいと思ってくれる。これが夫婦として暮らすことの醍醐味《だいごみ》だ。

†……『原宿日記』

どんなに若く美しい妻も、やがて老いさらばえていくように、どんなに深く愛し合った二人にだって、さまざまな感情がしのびよってくるだろう。しかし、

「結婚なんて楽しいのは半年、あとは惰性だけよ」

などという人に、私は問いたい。

永遠に継続する幸福などというものが、この世にあるのかね。

そんなものは何ひとつありはしないではないか。それがわかっているからこそ、なおさら私は結婚したい。

夫からはやがて熱い愛が消えていくかもしれない。しかし、その頃には私にも子供が生まれてくるはずである。しばらくの間、私はその子供に私のすべてを捧げるだろう。そして、いつしかその子供は、私を裏切って巣立っていく。

不幸と幸福がこんなに入り乱れて味わうことができる人生、それはやはり結婚しかないではないか。だからこそ、どれほど「つまらない、つらい」と世間に喧伝《けんでん》されていようと、ほとんどすべての人が、結婚をしてみたいと望むのである。

†……『花より結婚きびダンゴ』

今までつらいことや嫌なことはみんなひとりでやってきた。オットとなる人はただやたら愛して、やたら可愛がってほしい。

そう、はしゃいでるっていわれててもいいの。はしゃいでうかれて有頂天になるぐらいの結婚じゃなきゃ、誰がそんなことするのよ。

†……『ウエディング日記』

私は男の歴史というのは、ひとつひとつハンディを積み重ねていくことだと判断している。女からは想像もできないほどのさまざまな競争があり、男はそのたびに小さな戦いの敗者となっていく。その屈辱や悲しみを一緒に背負うのが妻だと私は思っている。

†……『花より結婚きびダンゴ』

結婚式というのは、男も女も青春の盛りでいちばん美しい時である（私の場合はかなりすぎてしまっていたが）。男はたくましく、女はこの上なく愛らしい。そして二人は見つめ合う。

男はその時この女を自分のものに出来るという幸福で輝くし、女は男の目の中に浮かぶ自分への賞賛を忘れまいとする。だから人というのは、結婚写真を大切にして、時々取り出して眺めるのかもしれない。

†……『踊って歌って大合戦』

結婚というものは、とにかく完璧を目指さなくてはいけないというのが美枝子の信念である。小さな綻びをつくれば、その綻びは次第に大きくなり、やがて収拾がつかぬところまでいってしまう。結婚式をきちんとやりとおすことが出来れば、その後の生活も続くはずである。

†……『着物をめぐる物語』

よく世間で言いますよね。最近結婚しない女性が増えてきて、出産率が低くなっているって。私違うと思うの。「結婚する気ないわ」って、ピシャと言い切る女性は、少なくとも私の周りにはひとりしかいないんですよ。みんないずれはしたい、と思っている。とりあえず今は仕事を楽しんでいるけど、いつかはしようと思っている。

†……『林真理子のおしゃべりフライト』

どんなに愛し合った夫婦でも、いつしか倦怠《けんたい》や憎しみがしのびよっていく。そんな真実を私だって百も承知だ。しかし、私は典型的なデジタル思考の持ち主だから、そのことについて失望したりはしない。

長い人生でいっときだけでも芝居じみた幸せな時があればよいのである。新婚生活の思い出だけで、世の大部分の夫婦たちは何十年ももっているではないか。

†……『夢みるころを過ぎても』

私にとって、イイ男というのは、一生おだてぬいてくれる男のような気がする。

「キミがいなけりゃ、僕の今のこの地位はなかったよ」

とか、

「キミ以上の妻なんて、絶対にいるはずがないよ。少なくとも僕にとってはね」

ぐらいのことを、年に二、三回言ってくれればいいのである。

†……『花より結婚きびダンゴ』

私たちはしょっちゅう夫婦喧嘩をする。その喧嘩のすさまじさたるやすごいもので、離婚話が起こったことも一度や二度ではない。

そして中程度の喧嘩の後で、夫はよく自分の夢を口にする。

「今度は若くて可愛いのを見つけて結婚するからな」

「でもね」

私は言う。

「私ぐらい、あなたを愛して、あなたを理解してやれる女がいるはずないじゃないの」

「それもそうだな」

夫はここでおとなしくひき下がるのが常だ。

私にしてもそれは同じである。たぶん夫は、私のことを私の両親と同じくらいに愛してくれているにちがいない。そして私の両親以上に、私のことを理解しているはずだ。

……『原宿日記』

空気というにはあまりにも甘やかな存在が、夫という男である。

……『原宿日記』

夫婦の妙味が味わえる場所

夫婦とは心の奥深いところで結びつき、察し合うものではないだろうか。殴られてもいい。口汚なく罵《ののし》られてもいい。それで手ごたえがあるものを得られれば、たいていのことに辛抱できると思う。

……『本を読む女』

それから何十年もたったある真夜中、夫は隣りで軽いイビキをかいて眠っている妻をながめる。網ネットをかぶり、コールドクリームをべったり塗った彼女の顔からは、あの初夜のういういしい表情を探ることは不可能に近いだろう。しかし、やさしい夫だったら、「かわいそうにな、こいつも年をとっちゃって……。まあオレもこいつだけを責められないからな」

ぐらいのことを思ってくれるに違いない。そしてもっとやさしい夫だったら、急にいとおしさでいっぱいになり、「おい」とか言って揺り起こすような気がする。

新婚の記憶というのは、それほど重大なものである。そして夫婦にとってまた「未来」というのも、二人を固く結びつけるものではないだろうか。

†……『花より結婚きびダンゴ』

ボーイフレンドとオットとのいちばんの違い。それはボーイフレンドのプレゼントは、バーゲンでは買わないが、オットのは買うということであろう。

†……『ウエディング日記』

子どもを生むしか能のない女たちが、いろんなことをほら、よく吹き込むわよね。子どもを生んで初めて人生がわかった、私の新しい人生が始まったって。新しい人生っていってもそんなこと二、三年のことで、後は知ったもんじゃない、っていうのはよくわかってるわ。だけど生んだことのない女は、私たちのような頭のいい女でさえ錯覚してしまうのよね。子どもを生むと自分が生まれ変わるんだって。人間を四十年もやっていれば、相当くたびれてくるわよねえ。蟬《せみ》が脱皮するように、ひょいと新しくてピカピカの自分が出来たらどんなにいいだろうと思うわよね。子どもを生むとそれが出来るんだと信じ込むんだから困ったもんよねえ。

†……『文学少女』

「彼は、私の一部なの。とても大きい一部だけどつけ加えられた一部よ。決して重なってはいない。人間の人生が重なるはずはないわ。他の人の人生が加わって豊かになることがあっても、重なりはしない」

†……『幕はおりたのだろうか』

夫婦というのは、必ずしもいつも一緒に歩んでいくものではないのです。一方側だけが極端に大きくなったり、なにかにめざめてしまうというのはよくある話です。

†……『テネシーワルツ』

ものごとというのは、一方的に見てはいけない。自分だけの目で見て、自分だけの感情に酔うということを、とかく女はしてしまう。

隣りにいる、くたびれて疲れきった夫が、恋をしていないとは誰も言えない。彼も心のどこかでいつも、

「家族のために働いてきた、自分の人生とは何なんだろう」

と自問自答しているかもしれない。

よっぽどひどいことをしない限り、夫婦生活に加害者もなければ、被害者もないのだ。

女も男もみんなさみしいんだ。

†………『皆勤賞』

結婚というものが、それほどいいものでも、バラ色でもないということを、独身の頃女性たちはさんざん聞かされている。それでも年頃になると多くの女性たちは結婚を意識し、そしてウエディングドレスに憧《あこが》れるではないか。同棲《どうせい》や未婚の母を選ぶのは、ごく一部の強い恵まれた女性とされ、たいていの女性は世間体のため、あるいは無意識の他人まかせによって結婚を選ぶ。

†………『猫の時間』

夫婦というのは、新婚と老後、この二つの時期のためにだけ存在しているものではないだろうか。いちばん最初の先っぽと、いちばん終わりの先っぽ。ここがいちばんおいしくて、夫婦の妙味が味わえる場所なのである。これから比べればまん中の部分は、みーんなつけ足し。だからもう女として認めてくれないとか言って、泣くことはないと思うんだけどな、中年の女性の方々。

過去の明るい記憶と、ずうーっと先のやや淋しさの混じる期待、この二つさえあれば、私は四十年だろうと、五十年だろうと、誰かと夫婦をやっていけそうな気がする。ホントだよ。

†……『花より結婚きびダンゴ』

男にモテて、結婚がすんなりできたって、どれほどのことがあろうか。結婚した女たちは、みんな後悔するではないか。キャッキャッはしゃいでいられるのは新婚のうちだけで、すぐにみんな文句を言い出す。育児に洗濯、家計のやりくり。自由に服を買って、六本木に行ってたあの頃が懐かしい。

「一寸先は闇って、結婚のことだったワ」

といみじくも友人が言った。

結局あっちへ行っても闇、こっちへ行っても闇なのだ。だったら、とことん闇とつきあうしかないではないか。闇を予感しておびえたり萎縮するのではなく、闇の方に近寄っていく。闇にも、小さい闇、大きい闇があって、小さい方に慣れておけば、大きい闇がドカーンと来ても大丈夫かもしれぬ。

†……『女のことわざ辞典』

夫を愛情の対象、などと考えるから腹も立つし、口惜しいこともさまざま起こるのである。大切な息子たちの父親で、家族という構成上必要な人間、という意識を持ちさえすればよいのだ。愛していないからといって別れる理由もまるでない。

†……『みんなの秘密』

結婚する時、母から言われた言葉を礼子は思い出す。
「男は後になってわかるクジみたいなもんなんだよ。もしかすると大当たりかもしれないし、大はずれかもしれない。だけどその時、選んだ女はあたふたとしないことだね」

†……『最終便に間に合えば』

ま、いいかァーと納得するのも、結婚の幸福というやつである。

†……『ウエディング日記』

「私はお父さんさえいればいいってことがわかったの。年とったら、最後に頼れるのはやっぱり夫婦よ」

†……『花より結婚きびダンゴ』

早い話がね、女っていうのは惚れた男のためなら何でも嬉々とする動物なのに、頭のよすぎる男には、そういうからくりがどうしても理解できないのだ。妻の義務とか、誠意という言葉とすり換えようとするのである。

†……『花より結婚きびダンゴ』

Chapter5

男と女ほどわからないものはない

不倫という名の恋愛

この世でいちばん楽しい恋愛の形態は、不倫だという説がある。

そりゃそうであろう。不倫というのは、独身の女の子と、妻子持ちの男という組み合わせが一般的であるが、この場合は女の子の方はあまり得をしない。本気になればなるほど苦しむ仕組みだ。揚句の果ては、不倫相手の子どもを焼き殺したようなOLだって出てくる。不倫が楽しく、美容効果があるのは主に人妻の場合であろう。私のまわりでも何人かいるが、みんな肌も艶々、ぐっとおしゃれになってエステに行くよりよっぽどいいかもしれない。

†……『美女入門』

全く、男と女のことほどわからないものはない。

長年憎み合っているようで決して別れない夫婦もいれば、人も羨むような仲の良い二人が突然破局を迎えることもある。

それよりもつくづく不思議なのが、男女の組み合わせというものだ。これといって取り柄もない中年男に、若い娘がぴったりとつくこともある。年増の醜女《しこめ》に、美青年が夢中になることもある。独身の若い二人が、公に仲良くやっている分には何の問題もないのだが、世の中はそうすんなりとはいかない。男か女に家庭がある、何らかのしがらみが存在する、あるいはどうにも釣合いがとれないといったさまざまな問題で、二人はそのことを秘密にするのだ。

†……『怪談』

不倫にトラブルが発生するのは、本人たちの良心の呵責ゆえではない。相手の配偶者、主に男の妻に知られてしまうことから、多くの煩《わずら》わしさは起こるのである。そしてそれが長く続くと、女は投げやりな気分になってくるらしい。突然夫に話してしまいたいという誘惑にかられるのだ。ひょっとして恋人の、

「お互いに別れて結婚しよう」

という言葉は本当なのかもしれないと、試してみたいような気分になるのだろう。二組の夫婦四人の男女が、すべてを打ち明け合って、一から始めてみるべきではないか、などと考えてしまうのだ。

†……『不機嫌な果実』

「私、たいていの男の人には、スペアがあると思ってるの。そういう言い方が悪かったら、どうしてもこの人でなきゃ死んじゃう、なんてこと、めったにないと思うわ。私さーいちばん嫌いで、嘘《うそ》っぽい言葉にさー、えーと……」

それを口にした女優の名を告げようとしたのだが、どうしても思い出せなかった。

「えーと、いいわ。ほら、誰か言ったじゃん。私は妻子ある人が好きになったんじゃない。好きになった人に、たまたま奥さんがいたって。あれってカッコいいけど嘘よね。そんなことあるはずないもん」

†……『悲しみがとまらない』

不倫をしている女は不倫が好きなのだ。まるで運命のように皆は口にするが、運命というものはもっと他動的なものではないか。どれほど深刻な恋でも、始まりはちょっとした戯れだと佳恵は思っている。あの時、いや、その後にいくらでも引き返そうと思えばそうした機会はあったのに、いま自分はここまで進んできている。だからことさらに男を恨んだり、自分のことを悲劇の主人公仕立てにしないというのが、不倫をしている女の美学というものであろう。

†……『さくら、さくら　おとなが恋して』

世間からキャリアウーマンと言われていても、三十代後半から四十の声を聞く頃になり、やっぱり結婚しようかな、と考える女は意外に多いものだ。なんとか滑り込みセーフで子どもも産んでみたいと思ったりする。

しかしまわりを見渡してみても、これといった男性はいない。魅力的な男性はほとんど結婚しているから不倫になってしまう。

†……『猫の時間』

私ぐらいの年齢になると、みんな一度ぐらい〝不倫の恋〟というやつをしているらしい。妻子ある人を好きになると、修羅場《しゅらば》というのがワンセットでついてくると友人はいっていた。その友人の場合は相手の奥さんがアパートに乗り込んできて、部屋中のガラスをたたき割ったそうだ。

私はこういう話を聞くと、本当に胸がドキドキする。恐いことはやめようと思う。

†……『ルンルン症候群』

夫とか、結婚する相手ならともかく、これは恋愛を楽しむタイプだなと見定めたなら、あまり追い詰めない方が、ずっと得策だということを、大人の女なら知っているはずだ。

†……『女のことわざ辞典』

最近、私の友人の間での「不倫発生率」は驚くものがある。右を向いても、左を向いてもそんな話ばかりだ。

「だって、仕方ないじゃないの。私たちの年代の残っている男っていえば、ほとんど結婚してるんだし、後は失敗者とホモばっかりなんだもの」

とやはり不倫している友人は言うのだが、確かにそれはあたっている。いまや既婚、未婚にこだわっていたら、女たちは恋愛などできない時代なのかもしれない。それに妻子ある男性というのはかなり魅力的なものらしい。おいしい店は知っているし、食べ物のウンチクもある。しかも洋服のセンスもいい。

「こんなにいい男を、結婚してるぐらいのことでほうっとくなんてもったいないワ」

などとみんながいうのもわかる。キャリア・ウーマンなどといわれ、頭がいいと自他ともに許す彼女たちが、レベルを落とすまいと思えば自然そうなるのだろう。

†………『マリコ・その愛』

皆さんも、もうちょっと年をとるとある大きな事実に気がつくことであろう。それは世の中にそんなにたくさんいい男はいない、そしていい男はほとんど他人さまのものになっているという現実である。

十年前、二十年前ぐらいまで、まだ男女の市場は需要と供給のバランスをうまく保っていたのであるが、ここんとこ急に崩れてしまった。今、いい男はたいてい既婚者である。それで不倫という恋愛のシステムがはびこってくるわけであるが、そうなると後から出てきた若い女のコは損するばかりである。

君のことを愛しているとか言っても、結局は奥さんのところへ帰っていくというパターンが続くわけだ。が、中には雄々しく立ち上り、勝利をつかむ女がいる。が、これはめったに出来ることではない。女性の方がものすごい魅力とエネルギーを持っていなくてはならないし、男性の方もそれに呼応出来るぐらいの情熱がなくては困る。

†……『美女入門』

妻子ある男と恋をして、佳恵にはわかったことが三つあった。
ひとつは自分と似た境遇の女がとても多いこと。
ふたつめは女たちは、小説やドラマに出てくるような悲愴感があまりないこと。
みっつめはそうした女たちは、秘密を守るためにもいつしかグループになってしまうということである。

†……『さくら、さくら　おとなが恋して』

妻子ある男との情事の心地よさは、女が結婚の野心を持たない限り、いつまでも続く。

おまけに誠一は一度別れた男なのだ。

「別れた男は鴨《かも》の味っていってね……」

同じような年頃の女友だちが言ったことがある。

「わりといいものよね。てっとり早くて、めんどうはかからない。ま、鴨っていうよりはカップラーメンかもしれないけど」

「三分間待つだけ」

別の女が混ぜっかえして、女たちはどっと笑った。

†……『短篇集　少々官能的に』

私は断言していいのだけれど、女が結婚という意地汚いことを言わない限り、妻子ある男たちとの方が純粋な恋ができる。なぜなら妻のいる男たちほど恋に憧《あこが》れている人種はいないからだ。彼らは心を込めて私を抱いてくれる。それまでのキャリアを誇らし気に私に披露してくれる。恋とセックスとが直線的に結びついて大きな相乗効果をもたらす……。そんな彼らのいさぎよさが私は好きだった。

†……『次に行く国、次にする恋』

松岡さんは、自分が満足した後も、私をぎゅっと抱きしめる。まるでお父さんが子どもを抱っこする時みたいにあやしてくれる。

「雅子は可愛くて綺麗《きれい》で若い。まるで宝石みたいな女の子なんだ。その宝石を、僕みたいにふつうのおじさんが自分のものに出来るなんて考えたこともなかったよ」

松岡さんは言った。妻や子どもがいて、この年になると、たいていの男は恋をすることをあきらめるんだそうだ。そのくせ、恋に憧れ、頭の中がじんとすることがある。

「そう、ちょうど高校生みたいになる。純粋なぼわーんとした気分だ。あの頃って、男は女の人のことしか考えないんだけれど、ちょうど今が、第二の思春期ってところだろうな」

†……『悲しみがとまらない』

自分は騙されたのだろうか。この妻ある男が自分に近寄ってきた時の言葉をずっと信じてきた。

「私は君に出会って、初めて女を愛するということを知った。君は私に新しい人生をくれたのだ。決して悪いようにはしないよ、だから時間をくれ」

†……『女文士』

「じゃ、聞くけど、渡辺さん、私と結婚してくれるわけ？」

こちらを見据《す》える姿子は大層美しかった。燃える瞳というものは本当にあるのだと渡辺は息を呑む。けれどもそれは、実は自分がいちばん怖れていたものではなかったか。渡辺はこの若い女の激しいものをうまくなだめて、諧謔《かいぎゃく》の方向に持っていこうと長年やってきたのではないか。

「渡辺さん、奥さんや子どもさんと別れて、私と結婚してくれるわけ？　私と一緒に逃げようと思っているわけ？」

一瞬「ああ、そうだとも」という言葉が出てきそうになった。しかし、荒々しい衝動に身を任《まか》せても、それはほんの一時の快楽でしかないことを、四十歳になった渡辺はよく知っている。この場合、沈黙は敗北ということになるが仕方ない。生きていく術《すべ》というものだ。

†……『男と女のキビ団子』

「信じるって、何を信じればいいの」と私は叫んだ。「私を愛してるってあなたが言ったこと？　それとも奥さんと必ず別れるって言ったこと？　信じろって言うだけじゃ、女は何にも信じられないわよ」

†……『短篇集　少々官能的に』

若い女というのは、ただそれだけで傲慢《ごうまん》になる。嘘で幸福になるよりも、真実を知って不幸になろうとすることの方を選ぶ。

†……『女のことわざ辞典』

三十を過ぎた女というのは、突然大きな不運を背負わされたような感慨にひたるものであるが、愛人という立場ならばなおさらだ。

静枝はこの頃ようやくわかった。愛人になるということは二つの時計を持つことである。ひとつの時計は全く動かない時計。生産することのない時計といってもよい。世の中の女たちはにぎやかに子どもを育て、乳をふくませ、そして這《は》いまわるのを追う。子どもはずんずんと育ち、そして家族は増え実っていく。豊かにやさしく時を刻むこの時計を静枝は持っていない。

そしてただ男を待つだけの生活の中では、もうひとつの時計だけがせわしく動く。そして静枝は確実に老いへ向かって進んでいくのである。

†……『女文士』

自分の知らないところで、家庭や子どもという若木をすくすくと育て、それで愛でている男が口惜しかった。自分だけが損をさせられていると思う感情は、不倫をしている女独得のものである。この際、女は独身だろうと、結婚していようと関係ない。自分との情事を楽しむと同時に、家族という確実なものも楽しんでいる男を、得ばかりしていると憎むのだ。

†……『ロストワールド』

妻がいる男に対しての嫉妬は、ストレートに発散されることがない。じわっと内部で屈折し、けなげさとなって現れたり、あるいは芝居じみた冷淡さになる。

†……『短篇集　少々官能的に』

「あのな、不倫をやっている連中のいちばん困るのが別れる時なんだ」

独身のくせに、こういう話をしたり顔で言うのだが、彼の場合は妙な説得力がある。

「平気で金寄こせなんて言うらしいよ。自分を何さまだと思ってるんだか。銀座のホステスじゃあるまいし。他の男のところにすんなり嫁にいってくれるのが最高だねえ。双方ともいい思い出だったわね、ということで一件落着だ」

†……『男と女のキビ団子』

「今は新婚でお互いにもの珍しいからいいのよ。話したり、教えあったりすることがいっぱいあるかもしれない。でも年をとるでしょう。小春日和の日に、あなたは言うのよ。タイガーマスクやウルトラマンの話、そしてブリキのおもちゃのことを。すると彼女は言うのよ。私はピンクレディーのおもちゃで遊んだわって。そして二人の間に沈黙がただようわけよ」

「君って本当に想像力が豊かだな」

「誰だって考えることでしょう。だから、男も女も、似かよった年の中から相手を選ぶのよ」

†……『怪談』

だいたいな、女房や子どもを捨てて、すぐに次の若い女とひっつこうなんていう男に、誠意なんかあるはずがないじゃないか。

†……『怪談』

私の友人夫妻は、大が上に三つつくぐらいの大恋愛結婚であった。なにしろ彼女と一緒になりたいばかりに、夫の方は奥さんと可愛い盛りの子どもを捨てたのである。
しかし五年後、彼ら二人は離婚することになった。原因は夫の女性関係だ。彼は私の友人と赤ちゃんを置いて、新しい女性のもとへ走った。
「奥さんを捨てて他の女性と結ばれた男性は、必ず同じことをする」
という法則はよく聞くが、まわりを見る限りあたっている。

†……『そう悪くない』

別の女のために妻を捨てることが出来る男は、同じことがもう一度出来るのだ。

†……『ロストワールド』

いろんな本や雑誌の手記を読んでわかったのですが、浮気された妻は、夫よりも相手の女に憎悪の気持ちを燃やすようです。愚かな女心というものでしょうが、私はその気持ちがよくわかります。夫を自分の手から取りあげる女は、みんなしたたかで、謀略家で、そして人情など全く持ち合わせていないのです。そう思わなければ、やっていけないのです。

†……『男と女のキビ団子』

ある夜、瑞枝は尋ねた。
「あなた、女の人をやめることは出来ないんですか」
夫はおごそかに答えた。
「それは人間をやめろということだ」

†……『ロストワールド』

年増のつくった百回の夕飯より、若い恋人の一回のおじやの方がはるかに価値がある。

†……『嫌いじゃないの』

考えてみると、妻というのはなんとつまらないものなのでしょうか。おそらく若い女は夫たちのおいしいところをさんざんついばみ、不味《まず》くなるやいなやぽいと捨てるのです。

そしてその残骸を妻は拾って、繕《つくろ》って、そして最後までめんどうを見なくてはならないのです。

これから先、主人の侘《わび》しさをも請《う》け負ってやらなければならないと思うと、私自身も哀しいものがこみ上げます。全く夫ぐらい、自分がもう若くないこと、可能性がないことを思い知らさせてくれる存在はないでしょう。

†……『男と女のキビ団子』

洋一はこともあろうに、妻の友人に心を移し関係を結んだ。ただの浮気でも妻は口惜しく悲しむものなのに、夫はその女に憧《あこが》れという深い思慕を抱いている。憧れというのは、理性や道理をいっさい排除するほど強固なものだ。錯覚と思い込みで出来ているからこそかえって強い。

†……『葡萄物語』

お金がありさえすれば、女はたいていのことが慰められるのですよ。綺麗な着物を着て、宝石を身につければ、夫の横暴も不実も見過ごすことが出来るのですよ。

†……『白蓮れんれん』

世の中には夫から、多くの喜びと満足を得ている妻も、確かに存在しているのだ。夫だけで充ち足りている妻、夫からあまりにも多くのものを得ている妻。そしてその妻が、必ずしも美しかったり、高貴な出であるとは限らない。平凡な田舎出の女が、自分の数十倍の幸福を手にしているのだとつぶやいた時、燁子はああ自分は嫉妬しているのだというぞっとする真実にいきあたる。この私が嫉妬している、しかも自分よりはるかに劣った女に。

†……『白蓮れんれん』

「感じる」とか「最高」という言葉は、他の男に言っても許される。が、幸せという言葉は夫によってだけもたらされるものだ。

†……『不機嫌な果実』

「そんなにびくびくすることはないじゃないか。僕たちはまだ、何にも悪いことをしていないんだよ」

夫以外の男とキスをすることが、罪でいえばどのくらいのところに位置しているのか涼子にはまだよくわからない。親愛の情のこもったちょっとした悪ふざけと逃げられそうな気もするし、大きな悪事への入り口という気もする。

それにしても、男にきつく抱かれ唇を吸われるのは何という喜びであろうか。

†……『みんなの秘密』

「浮気をするとね、かえって夫にやさしく出来るものよ。本気にならなきゃ、そっちの方が夫婦円満の秘訣かもしれない」

†……『不機嫌な果実』

野村と関係を持つようになってから、麻也子は再び下着に凝るようになった。特に金を遣ったのはスリップである。スリップこそ不倫する女の必需品だと麻也子は思う。若い娘のように、いきなり裸になることも出来ない。そうかといって、いつまでも服を着たままだと、あまりにも色気がない。ホテルの浴衣など論外である。その点スリップは、裸と着衣のちょうど境いめになる。シャワーを浴びた後、もちろんブラジャーはつけずに、シルクのよいものをふわりと着る。そしてベッドまで歩く。時間の余裕がある時は、そのままビールを飲んだり、テレビを見たりすることもあるが、このほどほどの大胆さと、つつましやかさ、そして絹の贅沢さは、麻也子の芝居気をひき出し、どれほど罪悪感を希薄にしたことだろう。

†……『不機嫌な果実』

夫を好きじゃなくなったら、誰かを好きにならずにはいられないじゃないの。女ってそういうものでしょう。

†……『不機嫌な果実』

「あのね、私、あの男の前にもう一人いたの。ダブル不倫っていうやつよ。責任がないから、その場限りだから甘いこと言うんだってよおくわかってる。それでもいい、甘いものが欲しかったのよ。心底欲しかったの……。それでもよかったの。ねえ、世の中の奥さんって、男の人から抱きすくめられたり、好きだって言われたり、キスされたりしないで、どうして生きていけるんだろう……」

†……『不機嫌な果実』

十三の少女よりも、三十四の人妻の方が、キスに対してはるかにおぼこな時があるが、涼子がそうであった。それはもちろんキスの次に用意されていることに畏《おそ》れおののくからである。

†……『みんなの秘密』

このあいだ、私の友人の一人から実に衝撃的な言葉を聞いた。彼女は夫と子どもがいる境遇なので、あまり自分のプライベートなことは口にしない。が、たぶん恋をしてるんじゃないかと私は睨んでいる。

「片方が独身ならば、それは不倫っていわれても仕方ないと思う。でもどっちも家庭を持つ身だったら、ちゃらにな っ て純愛というんじゃないかしら」

なんというユニークな発想であろうか。

†……『踊って歌って大合戦』

「妻だからって、どうして他の男の人を好きになっちゃいけないの」

「母親だからって、どうして自分の好きなところへ行っちゃいけないの」

こういう思いは、いま日本全国に蔓延《まんえん》している。そして女たちは次のように考えを発展させるのだ。

「そうよ。不倫だってしていいのよ」

「そうよ。子どもだって高級レストランに入れるようにすべきなのよ」

彼女たちは妻にも母にもなりたかった。しかし、なってみるとわかったのであるが、自分たちの最も都合よくて楽しい姿は、独身時代のひらひらしている時なのである。

自分たちを変える気はさらさらない。その代わりに社会が変わってほしい。これが彼女たちの言い分であろう。

†……『女のことわざ辞典』

自分をだましだまし生きていけば、夫との仲を全う出来るのではないかと考えている。不倫というハードルの先に、離婚という同じ高さのハードルがあるのではなく、美和子の中で不倫と離婚との間には、深くて大きな川が流れているのだ。他の男を愛することは、人に知られることはない。途中で間違ったと気づけば引き返すことが出来る。が、離婚は多くの人に知られ、自分の運命を大きく変えることだ。美和子にはその気持ちがない。平凡な家で平凡に育てられた結果、自らの手で運命を裁断することは罪悪だとさえ感じてしまう。

†……『さくら、さくら　おとなが恋して』

愛人と二号というのはもちろん違う。愛人というのは、あくまでも男ひとりの問題。顔を愛していようと、カラダを愛していようと、とにかくこの女に惚《ほ》れちゃったんだぞ、だからキープしちゃうぞという自由契約のようで、その地位にはかなり不安が残る。そこへいくと、「二号」というのは言い方がダサイ分だけ安心感があるが、これは日本の風土が育《はぐく》んだ長い歴史のためであろうか。二号という言葉には、あきらかに「いえ」が認めたという意味が含まれているような気がする。「二号」も、使用人も、まわりの人々も承認しているんだから、これは強いに違いない。男が死んだりしたら、本妻さんから0がいくつも並んだ小切手を届けられたりするのも、絶対に愛人より二号のはずだ。

†……『真理子の夢は夜ひらく』

正直なことを言えば、私は不倫や失踪《しっそう》、駆け落ちなど、何ほどのものがあるのだ、という気持ちを持っている。自分が誇りとし、一生を賭《か》けるつもりの仕事を持っていさえすれば、長い人生の間には必ず挽回《ばんかい》出来るはずだ。醜聞などというものは、年月をかけ自分の努力でねじ伏せていけばいい。

……『猫の時間』

世の中にはふた通りの男がいる。妻の不倫をいつかは許せる男と、地獄の底に落ちるまで絶対に許せない男だ。

……『さくら、さくら　おとなが恋して』

自分はいちばんいけないことをしているのだと原岡は思った。謝ることでうまくこの場を逃れようとしたのに、いつのまにか女に期待を与えているのである。期待、希望、それらはどう違うのだろうか。どちらも女の口にとっさに押し込む飴玉《あめだま》である。時間稼ぎをしているうちに、飴はいつか溶けてなくなる。それがわかっているのに、どうして甘いものを与えようとするのか。自分でもよくわからぬ。この場をやり過ごしたいのと、女を騙したくない。この二つの思惑がせめぎ合うと、こうするしかないのである。

……『ミスキャスト』

――誰かと較《くら》べている――

妻ではないことだけは確かだ。神谷もそうであったが、男というのはめったなことで妻と愛人とを比較したりはしない。するとすれば愛人と、新しい愛人とである。

†……『花探し』

そもそも舞衣子は、世の中で起きている不倫関係のもつれというものがまるで理解出来ない。それは妻子ある男たちが、女に愛情や未来を約束するから起こる修羅場である。どうして愛情や未来などという不確かなものを、女に与えたりするのだろうか。それより他にやるものがないからだ。そもそも金が無い男が、どうして若い女とつき合おうとするのか。愛情などという、来月は消えるかもしれないもので釣って、妻ある男が若い女を抱こうとするのが、まず間違っているのだ。金がこのうえない誠実なものだということを彼らは知らないのだろうか。

男が去った後、女を癒《いや》してくれるのは金の力だけだ。思い出などというものは、女をみじめにさせるだけである。そのためにさまざまな厄介なことが起こるのではないか。

†……『花探し』

「結婚していても恋愛をしたい」

という人たちは、かなり諦めの悪い人たちに違いない。そうして信じられないことに、こうした男の諦めの悪さを「愛情」と勘違いしている女たちの何と多いことだろうか。

幸い奈央子のまわりには、

「奥さんと別れて、私と結婚して頂戴」

などと男に迫るような、愚かな女はひとりもいない。それぐらいみっともないことはないと思っている、誇り高い女たちがほとんどだ。けれども彼女たちのドライといおうか、達観しているところも奈央子には不気味である。

†………『anego』

もう一度やり直せるなら

最近のアンケートによると、七割以上の既婚女性が離婚肯定派である。愛情を持てない夫と一緒に暮らす必要はない、というのは新しい道徳というものだろうし、それと同時に、

「そうたやすく人生をあきらめてたまるか」

という意思表示も回答の中に含まれているような気がする。

そして「もう一度やり直せるとしたら」という質問に、「結婚したい」という回答が七

割近いというのが面白い。が、新しいスタートラインが結婚とは限るまい。仕事や他のものでも、

「人生は二度おいしい」

ということは可能だ。あきらめさえしなければきっとできる。

†……『猫の時間』

普通女たちは結婚する時がスタートラインだ。ゴールはわずか五メートル先である。子どもを産み、マイホームでも建ったらめっけもの。女はそこで満足し、同時にあきらめなくてはいけないことになっている。もちろんたまには不倫する楽しみを知っている女もいるが、ほとんどはせっかくのゴールでのテープを破らない程度にとどめておく。中には勇ましい女性がいて、別の男と別のスタートラインに立とうというのも出てくるが、中年の女の場合、新しい男は亭主よりも落ちるというのは常識だ。若いと思えばお金がなかったり、やさしいと思えばやたら頼りない。

†……『おとなの事情』

結婚というのはクセになるようで、一回すると二回、三回めもわりと手軽にスムーズに行なえるようである。私の友人など、結婚するたびに男は若く、しかもお金持ちになっていく。彼女が言うには、結婚というのは会員証のようなもので、一回手にすると、あとは

中でごちゃごちゃ自由に動きまわれるそうだ。

†……『チャンネルの5番』

離婚、再婚というややこしいことをやってのける男性は、エネルギーと情熱が普通の人よりも多い。世の中の多くの男性のように、すぐにくたびれたりあきらめたりしないのだ。永遠の女性を探し続けるロマンチストでもある。

そして残された女房の方が不幸になるかというとそんなことはない。ロマンチストの男が熱愛しただけあって彼女は美人で魅力がある。すぐに寄ってくる男性も多いのだ。彼女は子持ちというひけ目があり、次はやや条件が落ちても誠実で優しい男と結ばれることになっている。めでたし、めでたし。世の中は結構うまくまわっているのだ。

†……『そう悪くない』

「あのさ、離婚っていうのはものすごいエネルギーを使うもんだよ。相手がこんなに性格悪くて金に汚ないのかとびっくりする。だけどお互いすべてをさらけ出して、自分がどんなに悪者になろうともらうものはもらう。相続や老人問題も同じさ」

†……『素晴らしき家族旅行』

Chapter6

運命というのは

運命は人間の手で操作できる

「運命というのは、実は意志なのだ」

私は今はっきりとこう言おう。

女というのは、とにかく受動態を装うのが好きだ。

それが証拠には、ちょっと成功した女たちのコメントを聞いてごらん。みんな実によく似ているよ。

「まわりの人に恵まれて、本当に運がよかったんです」

「チャンスがやってきてくれたっていうことですね」

しかし、その人々やチャンスに近づいていったのも、実は彼女自身なのである。

†……『幸せになろうね』

「運ってカタマリでやってくるのね。そしてそれって、人間の手で操作出来るのね。私、よおくわかった」

運台頭期に男の影響は大きい。

「君は才能のある女だよ。僕は君のためなら何でもしてあげる」

このときこちらを褒めて、力づけてくれる男というのは、運という偉大なものからのお使いである。

†……『トーキョー国盗り物語』

世の中がだれ一人として認めてくれなくても、こちらを賛えてくれる人間が一人出現する。それからすべては始まるのである。

†……『強運な女になる』

「売れもしない、話題にもならない、たった三日か四日、本屋の店頭に飾られてそしてすぐに消えていく本。そういう本が月に三百冊も四百冊もあるんだ。君の本がそういう一冊になっても構わないと思うんだったらそれでもいい。だけど君は嫌なんだろう」

絹はこくんと頷いた。

「この本できっと必ず、世の中に出たいんだろう」

絹はそうよと声に出した。

「それならば努力するんだ。君たちはサクセスストーリイの綺麗ごとしか耳にしていない。そんなに偶然や幸運が、世の中にころがっててたまるかって言うんだよ。みんな目に見えないところで必死にあがいているんだよ。わかるかい」

†……『トーキョー国盗り物語』

よく運がいい、悪いなどというのは努力次第、本人の気持ちで運というものは決まる、という人がいる。つまり運というものを非常にメンタルな、錯覚に近いものにとらえている考え方だ。が、私は運というのはもっと大きなもの、超常的なものだと思っている。そう、人間の知恵ではどうすることもできぬほど不思議なもの、それが運だ。しかし人間の知恵でその運をコントロールしたり、引き寄せることはできる。なぜなら、運という超常現象は強い人間に宿りやすい。明るく前向きの人といった方がいいかもしれぬ。そして運によってその人はますます明るく強くなるという相乗効果が生じるのである。

その反対にいったんつまずくと運というのははがれやすくなる。かなり気まぐれな物体なのだ。

†……『強運な女になる』

女の運というのは、たいていが男の人によってもたらされる。

コピーライターをしていた時、男の人がこの仕事を誰にやらせようかなあ、と思案する。

そして私を選び出してくれた。出版社の男が、若い女の本をつくりたいと思う。誰にやってもらおうかと考えていた時、

「売れっ子女性コピーライター、林真理子」

という文字が目に飛び込んできた。

なんだ、男社会のおこぼれじゃないの、と言ってはいけない。運の初心者というのは、こういうものをつかまえることから始まるのだ。

運の波をひとつ乗りこなすことが出来たら、また大きな波がやってくる。それもうまくこなすと、もっと大きな波が来る。その波は、もう男とか女というものは関係ない。

この時から本当の苦しさは始まる。だけど頑張る。昔は大変な怠け者の私だったけれど、波が来たら乗らなきゃいけないと必死にあがくようになった。だってそのままだったら、波の間に沈んでしまう。

†………『マリコ・ジャーナル』

「私たち、幸せになるもの。いつも小さい不満を持ってるから、私たちは幸せになる能力があるの。望む、かなえる。私たち、これをずっと続けていくもの」

†………『トーキョー国盗り物語』

誰かが言ったことがある。人間、本当にこだわっていることは、絶対にこだわっていないと自分で思い込んでしまう。そしてもうとうに忘れていると信じている。

けれども何かのはずみで、それがぽろっと心のうちからこぼれ落ちる。するともうしまうことはできない。小さなクローゼットに無理やり大きな羽根布団《はねぶとん》を入れるように、忘却の中にぎゅうぎゅう詰め込んでも、それはすぐにはじけ飛ぶ。

そうしたら、もうなすすべはない……。

†………『悲しみがとまらない』

私は思うのですが、人間の幸福というのは、めぐり合わせがいいとか、恵まれた運勢に生まれついたとかいうことではないのです。どれほどいろいろなことに鈍感でいられるかということなのです。感受性が鋭すぎたり、深くものごとを考える人間というのは、まず幸福になれません。

†………『テネシーワルツ』

たいていの人間は、自分のことを不器用で要領が悪く、そしてとても小心だと思っている。

私は時々気まぐれに、手相がわかるふりをしたりするが、これがとてもよく当たると評判だ。

「あなたってやり手みたいに世間の人から言われてるけど、本当は人がよくて損ばかりしてるのよね。いざっていう時に強気に出られない。それにさ、意外と恥ずかしがり屋で人みしりをしちゃうタイプよね。そうは見えないけど、他人に気を使いすぎるから疲れちゃうんじゃない」

そうおもむろに告げると、十人中十人、

「そう、そうなんだよ。どうしてわかったの」

と目を丸くする。

実はこの私とて、自分のことを「　」内にのべた通りだと思っているのですよ。人に吹聴したり、自分で書いたりするほど、私は目立ちたがり屋でも派手好きでもないつもり。こうなったのは周りの人たちに担ぎ出されただけ。私って、ほら、ほっとけないタチの女らしいのよね……。

✝……『愛すればこそ…』

「実はね、私、それでもいいかなあ、って思うようになったの……。エミ子さん、私のことなんてだらしない女だって思ってるだろうけど、こんな風にだらしなく結婚が決まるのも、私の運命かもしれないっていって、私、思うようになったの」

運命という言葉が出てきて、私にもう何が言えただろうか。南の島で、そう好きでもない男と抱き合ったのも運命。その時たまたま避妊していなかったのも運命。男が大喜びしたのも運命。その運命とやらは、ただひとつ大きな方向を指さしているだけなのだ。

その男と結ばれ、子どもを産み家庭をつくるのだと。そう悩むことはない。世の中のほとんどの夫婦は、いい加減に結ばれているものなのだから。

目の前の女、真弓もただ幸せになりたいのだ。すべてのこんがらがっているもの、矛盾するものに目をつぶり、運命という言葉を遣うことにより幸せになりたいのだ。そう、単に幸せになりたいのだ。

†……『年下の女友だち』

沢木はよく自分のことを「運命の女」のように言うけれども、ひょっとしたら単に好みに沿っているだけかもしれない。

好みの女ではいけないのか。人というのは恋に陥《お》ちる前に「好みかどうか」ということで選別される。けれどもその種の選別にかけられたと思うことがやはり口惜しい。「運命」よりも「好み」ははるかに軽いからだ。

†……『anego』

「野田さんもそうなのね。私たち、あんまり若くない女って、どうしてこう運命っていう言葉に弱いのかしら。まるで信仰のようなものよね。こんなに酸いも甘いも嚙み分けて、頭もいいって人にも言われてるし、自分でもこっそりそう思ってる女がね、運命っていう言葉に他愛なくくにゃくにゃになってしまう。運命って言葉を言われると、もう駄目なの。この男にすべてゆだねようって思ってしまう。他のすべてを捨ててもいいとさえ考えてしまうのよね」

†……『anego』

「魔」に支配されない人生なんて……

私は身持ちの固い女流作家として知られているが、それでも時たま人生の奔流というやつに押し流されることがある。そして流されるたびに、当然のことであるが、いつ水が来てもいいように準備しておこうと心をあらたにするのだ。

大人の女になるということは、人生はいつでも〝出水〟が起こるというのを知ることである。であるからして、大人の女のライフスタイルやおしゃれというのは、この〝出水〟の出現を軸としてまわっているといっても過言ではない。

†……『マリコ・ジャーナル』

人生というのは「魔がさす」ということが、多々あるものだ。酔ったはずみで長年の男友だちと、ついキスをして、それから……ということもある。

が、私は断言してもいい。〝魔〟に支配されない人生なんて、こんなにつまらないものはない。後でしまった、と思うことをしてしまう。それが若さであり、女である。そしてじくじく後悔をするんだけれども、それは甘やかな後悔だもの。女のコを綺麗にしてくれる悔いなんだもの。

†……『美女入門』

女が生きていれば、いっぺんぐらい得する時期というものがある。すぐに年なんてたってしまうのだから、十分に楽しみなさいよ。

†……『そうだったのか……!』


仕事でミスをし、徹夜でやり直しをしていると、男から電話が入る。こういう時に限って、ややこしい別れ話を持ち出す……。

悪いことには、どうしてこう悪いことが重なるのであろうか。長く生きれば生きるほど、この疑問は私の中で大きくなっていく。

反面、いいことも納豆式につながってやってくる。鼻歌まじりに電話を切れば、その後、スキップしたくなるようなことが玄関からやってくるのは本当。

しかし、いいことが納豆ふた粒だとすると、悪いことというのは、三粒か四粒、つながってくるようだ。こちらがきょとんとしたくなるほど、それは用意周到にやってくる。運命の神が、こちらをあざ笑っているのか、それとも占いによるところの「厄日《やくび》」なのであろうか。

†……『女のことわざ辞典』

確かに金より大切なものはこの世に山ほどあるかもしれない。けれどもその大切なものを手に入れるために、金が必要なことだってある。

†……『星に願いを』

男の顔を履歴書というならば、女の声というのはいったいなんなのだろうか。私は育ちや性格、それまで築きあげてきた教養のようなものは、女の場合すべて声に出るような気がする。電話で声を聞いて、不愉快な印象をもった女性は会ってもまずダメだ。とりつくろって「そうですわ」を連発しても、その奥にあるものはすべて見える。

だからこそ、私は美しく喋《しゃべ》る女性になりたいといつも願っているのだが、たいていの場合、すぐにボロが出るらしいのだ。だって怒ることが多すぎて、声がいじけてしまったんだもん。

†……『マリコ・その愛』

私の幼い時から、母はよくこんなことを言ったものである。

「うちは財産はなにも残してやれないけど、あなたたちには健康なからだと、まあ人並みの頭をつくってあげたんだからそれでありがたく思いなさい」

しかし、残していただいたもんがこれだけというのはやはり淋しい。お金はとうにあきらめているが、せめてからだにもうちょっとイロをつけといてほしかった。

いや、いや、親のことを恨むのはよそう。

†……『愛すればこそ…』


「あのね、今もって女にとっていちばん気持ちよくって、わかりやすく通用するタイトルっていうのは美貌なのよ」

「おお!」

私のため息。そういえば、美人だから私のことを愛してくれるんじゃないかしらと悩む女の話を、私も聞いたことがない。美貌こそ女の歴史であり、いちばんわかりやすいパーソナリティなのである。

†……『皆勤賞』

頭のいい女というのは、他人の気持ちを読みとるのがうまい女だと私は思う。

相手がなにを望み、なにを願っているか、一瞬のうちに判断し、それに自分を合わせることができる技術が、知性というものだと、私は断言する。

となれば、結婚したいと願う女が、男たちの好みを把握《はあく》し、それに従って自分を変えようとするのは全く悪いことではないはずだ。むしろ、いい意味でのしたたかさだと私は讃《たた》えたい。

†……『花より結婚きびダンゴ』

人間関係というのはとにかく建前を大切にする。ある一定以上に感情を露出すると、後で取り返しがつかないことになるというのは、三十年以上生きてきた映子が身につけた知恵である。

†……『葡萄物語』

さまざまな男たちが、酒についていろいろな物語を描く。
人生にそれほど深くかかわることのない女たちが、酒についてどれほどのことがわかるのだろうか。またわかりかけたとしても、たいていの女たちが、私のようにその事実から目をそらすだろう。
酒を飲む本当の意味を知ることは、不幸を知ることと同じなのだ。

†……『ルンルンを買っておうちに帰ろう』

金持ちの男と結婚したからといって、その女が勝者だと決まったわけではないではないか。人生はまだこの先、ずっと続いている。
幕がおり、勝負がついたと思っても、二幕、三幕は用意されているのかもしれませんよ。

†……『そうだったのか……!』

若さということ

十三、十四歳も一瞬のうちだが、十七、十八歳というのもあっという間に過ぎる。目がまわりそうな早さであるが、子どもの頃時間は確かにゆっくりとまわっていた。悲しみも苦しみも永久に続くと思っていたが、それは大きな間違いだと気づく頃には、人は大人になっている。

†……『皆勤賞』

二十歳という若さの前ではいろいろなものがかすんで見える。精神とか、才能とかいうものもまだ肉眼では見えてこない。
そんななかにあって、美しい、美しくないという基準は絶対的なものであって、長い間、私はそれで苦しんだり悲しんだりしてきたっけ。

†……『ブルーレディに赤い薔薇』

若いっていうのは傲慢《ごうまん》なことだから、そんなに先々のことまで考えたりはしない。今の幸福を持続させる力があるって、自分で過信してしまうのよ。

†……『満ちたりぬ月』

若いというのはそれだけで傲慢なものだ。自分にだけは不幸が訪れないと過信している。だからいろいろ大胆なこともできるわけですがね。

†……『女のことわざ辞典』

十八、十九の女というのはいくらでも変わることが出来る。おしゃれで美人の友人を持ち、自分でも努力してさまざまなものを吸収していけば、それこそ半年で見違えるようになる。けれども頑《かたくな》さを友にし始めたらいっぺんに駄目だ。

†……『素晴らしき家族旅行』

この私でさえ、十代から二十代にかけては、気弱なぼんやりとした女の子と言われたものだ。人と争うなどというのはとんでもない。もし人前で喧嘩《けんか》を売られた場合は、途中で泣き出すことをモットーとしていた。これには当然ずるい計算があり、泣く私に人々の同情が集まることを予想したうえでのことだ。論議するのもめんどうくさい、かわゆい子と思われたい、といういくつかの策略が私をして泣く行為へ向かわせた。またあの頃はその気になればいくらでも涙が出てきたものである。

それが功を奏して、私はのんびりした幼稚な娘と言われ、誰ひとりとして「気が強い」とは言わなかった。が、そんなことはあたり前である。望むものがなければ誰も戦おうとは思わない。勝ったことがなければ、誰も負けず嫌いにはならない。

「気が強い」女と呼ばれることを恐れているうちは、まだほんの女の子だとさえ私は考えているのだが、女の子ほど、可愛いままで多くのものを手に入れられるという伝説を信じている。これは本当に始末に困る。

†……『猫の時間』

私は若さということにそれほど価値を感じていない。とくに最近のように〝若さ〟という現象に手足がついて、世の中でふんぞりかえっている状態を見るたびに、

「テメエら、いい気になんなよぉ。若いっていうだけで甘やかしてくれると思ったら大間違いだぞ」

と、内心悪態をつくことがほとんどだ。

†……『ブルーレディに赤い薔薇』

自分は失うことが怖いために、人から恨《うら》まれるのが怖いために、しなくてもいいことをしてきたような気がする。だけどそういうのを振り切るのが、大人になるっていうことな

んだ。本当にそう思う。

†……『東京デザート物語』

もちろん腹の立つことや哀しいことは山のようにあるが、すべては自分が選び、納得ずくで駒を進めたこと。りりしく一人で耐えるのが、大人の女の心意気というものさ。

†……『ウフフのお話』

「ものごとっていうのはね、すべてドアを叩くところから始まるんだからさ。叩けよ、さらば与えられんって聖書にも書いてあるよ」

†……『素晴らしき家族旅行』

人生、くよくよしたって仕方ない

幸福かどうかなどというものは、毎日ぐらついている秤《はかり》のようなものかもしれない。その時々の出来ごとで、片方が重くなったり、軽くなったりするのだ。

†……『葡萄物語』

「不安」。口に出してみるとその感情は、みるみるうちに私の心を覆いつくした。今のこの幸福は、たまたま私が手にしたものだが、やがて私の手から離れたらどうしたらいいのだろう。それよりも別の女が、私と同じ幸福をかち得たらどうしたらいいのだろう。

私だけが幸せになりたいのだ。私だけがいつも人からちやほやとされ、一流の仕事を山のように持ちたいのだ。他の女たちが、私と同じような幸せを持つことは絶対に嫌だ。

私は少し言いすぎたかもしれない。確かに私はふつうの人よりも嫉妬深く、そして欲張りな人間だ。けれども決して悪い人間ではないのだ。

自分の好きな人々には限りなく親切だし、毎年暮れになれば、必ず千円札を慈善鍋《じぜんなべ》に入れる。弱い分だけ優しい人間だ。それが証拠には、たとえば他人のことを口汚なくののしった後、きまって私は苦い唾《つば》を飲み込むような自己嫌悪《じこけんお》に陥るではないか。そして時には、絶望という淵《ふち》をひとりさまよい歩くことだってあるのだ。

†……『紫色の場所』

人が生まれてから死ぬまでの間には、生きることが苦にならないような時期がちゃんと用意されているのです。それは後から続く、何十年という歳月の穴埋めです。

†……『テネシーワルツ』

人間は一生、幸せのままでいられるはずはない。と同じように、一生不幸のままでいるはずもない。

†……『女のことわざ辞典』

人間生きていれば排泄もあれば体臭もある。呼吸をしている限り、この世の中に汚れたものを撒き散らしているのだ。それは人間関係と置き替えてもよい。マザー・テレサのような聖職者ならともかく、我々は他人に悲しみやつらさ、口惜しさを知らず知らずのうちに与えているのである。

もちろん、家族や知人に分け与えている幸福や善意というものもある。しかし他のいけすかない連中に向ける悪意を考えれば、たいていプラスマイナス0ということであろう。

結局、見事に美しく生きて、他者を感動させる人間などというものはめったにいないのだ。そう考えると気分はぐっとらくになる。

せめて周囲の人たちから嫌われない程度に生き、通りすがりの人々に不快感を与えなければよいのではないか。

†……『強運な女になる』

女が地位や名誉、お金を身につけ、その力でモテるようになっても、少しも悲観することはない。お金の力、と言うのはちょっとせつないからパスするとしても、ある社会で評価を得て、その磁力で男をひき寄せることは、許される大きな抜け道だ。私のまわりにはそのテの女がゴロゴロしているが、皆全く劣等感を持ったりなどしない。男の人は、自分がエリートだから、実力者だから女にモテるのではないかと決して悩んだりしない。エリートであること、力があることは男の体の一部として溶け込んでいる。女だって出来ないことはない。

大人になってモテる強い女になる。そんな人生ってカッコいいではないか。

†……『強運な女になる』

綺麗になりたい！　発作のように、この強い願望がわきあがるのは、私の場合周期があって、どういうわけか春さきなのだ。

ホルモンのせいかしら。それともコートを脱ぎ捨てる季節のせいなのかしら。

裏庭で、どこかの猫がぎゃーぎゃーラブコールしてる声を聞きながら、ふと思案にふける私。

そう、春っていうのは、いつだって女の新学期よ。

私はこんな結論をくだした。

ほら、学生の人はいいけれど、卒業すると私たちは新学期がなくなるじゃない。私はあれが大好きだった。ピカピカの消しゴム、新しい教科書、新しい友だち。新学期って、いつも希望が山盛りになってる。

だから自分で新学期をつくればいいの。悲しい恋をした人はきっぱり忘れる。ババっちく、むくんでた冬の日のことも忘れる。

美人になって美しい恋をしようとする私って、なんていい性格なんでしょ。

†………『マリコ・ジャーナル』

モノゴトにはすべて順序というものがある。

たとえば欲しかったスーツが、バーゲンで二割引きになる。ああ待っていた甲斐があったと大喜びで買う。ところが次に店に行くと、同じ商品が見切り品になり半額になっていた。しかし時間は元に戻すわけにはいかないのだ。あるいは、会社から内定をもらう。研修の日どりまで教えてもらい、新人たちが集まり飲み会もする。が、その後で本当に入りたかった会社から採用の通知が来る。こういう時、最初の会社を蹴ることが出来るのは、かなり勇気があるというか、世の中のしがらみや人のつながりをまるで気にしない人だ。

順序というのは、運、不運のことではないかと奈央子は思うことがある。料理をオーダーした後で、目の前を美味しそうな皿が通り過ぎたとしても、ほとんどの場合、

「やっぱりあれと取り替えて」

とは言えないのである。オーダーしてすぐのことならともかく、人間は諦めなくてはいけないのだ。

†……『anego』

Chapter7

プロになるということ

意地と強気でプロになる

短大を卒業し勤め始めたら、私にもいろんなものが見えてくるようになった。世の中、そうドラマじみたことは起こらない。レディスコミックに出てくるようなことは実際に起こらない。

というようなことを知ってから、私は少しずつ幸福になっていったような気がする。

†……『悲しみがとまらない』

プロの人々というのは、どういう人を言うのであろうか。

仕事を好きになり、誇りを持つことがプロへの一歩だなどというキレイゴトを言うつもりはない。私はたまたま特殊な目立つ職業に就いたから、自意識過剰になり、自分を奮い立たせ、駆り立てなければならないことがあるが、普通のＯＬだったらこれはかなりの至難の業だ。

誇りは無理やり持たなくてもいい。そんなものは後からついてくる。ただ、貰ったお金の分ぐらいはちゃんと働いてみせる。この場所で必要な人間になってみせる、という意地は持って欲しい。

意地と強気というのは、プロフェッショナルの萌芽というものだ。

✝……『そう悪くない』

私の友だちが言っていた。

「私は、ワタシという個人商店の社長です」

本当にそうなんだ。設備投資をいっぱいし、どう利益が入ってくるか計算し、お客さまを楽しませなきゃならない。お客が遠のいたら、それは私のミスなんだ。

✝……『マリコ・ジャーナル』

そう、大切なことを話しておかなくてはならない。プロの真価というのは、トラブルが起こった時にわかるのである。

思えば、プロというのは非常に苦労が多い。アマというのはひと目でわかるから、最初から相手にされない。すぐに除外される。

「もうあんたはどうでもいいからひっこんどいて。責任者を出してよ」

こういう時に女性の責任者が出てくるのが最近の傾向だ。トラブル処理はプロの花道といってもよい。

相手の気持ちをこれ以上害さないようにする。そして瞬時に最善の方法を見つける。人間がこれほど身体と心をフル回転させる時があるだろうか。各細胞がいきいきと動きはじめ、脳味噌がピンと尖ったようになる。私も経験があるのだが、トラブルが起こるたびに、ひとまわりもふたまわりも自分が成長するような気がしたものだ。

もちろん、途中で投げ出したりしたら、この充実感は得られない。とにかく頑張りとおして成功させてみせる。あるいは、失敗して泣く。甘ったれた涙が、やがて口惜し涙となっていく。口惜し涙というものは一人の時に流すものであるが、これができるようになったらしめたものだ。プロも中級の域に入る。

口惜し涙を流したことが、後で嬉しい思い出になるというのはプロの醍醐味である。

†………『そう悪くない』

私の首には横スジが何本か通っている。この何年かでそれは、はっきりと刻まれてしまっている。エステへ行っても、毎日マッサージをしても消えることがない。

「それは仕方ないことなのよ」

と教えてくれたのは、同業者の友人である。

「首の横スジは私たちの職業病なの。だって仕方がないことでしょう。私たちは毎日毎日、十時間以上ずっとうつむいている仕事なんだから」

これを聞いてから、私はこの首の横スジがとても好きになってしまった。普通の女なら、オバさんの印である首のシワであるが、これは立派なプロの証ではないだろうか。

プロであることは体のつくりさえ変えてしまう。これは本当にすごいことなんだと、私はシワを誇りにさえ思うようになった。

それほど私はプロフェッショナルな人間というのが好きで、そういう人たちに憧れてきた。

たとえ娼婦でさえ、プロフェッショナルに徹した女性というのはカッコいい。真冬のニューヨークの街角で、豪華な毛皮のコートをまとい、すっくと立っていた美女は素敵であった。ブルセラだの、テレクラデイトだのといって、自分を安全な場所に置きながら、いただくものはちゃんといただこうという、薄汚い日本の女子高生とは比較にならない。

†……『そう悪くない』

私は、各職場のいろいろなプロを見た結果、ひとつの結論に達した。プロは、はっきりとわかる特徴を持っているのである。それはシンプルであることだ。

ちょっと気概を持って働いたことのある女ならわかることであるが、私たちは生きていくスタイルを仕事によって得る。仕事は驚くほど大きなことを私たちに与えてくれる。男と女の差、情報の取り方、強者の傲慢さ、弱者のみじめさ、といったものも、私たちは仕事を通して知ることができる。

そして私たちは仕事によって、さまざまなものを変えていく。ファッションもそのひとつだ。

その仕事にいちばん適して動きやすい服装や髪形を、自然と女は選びだしている。

「おぬし、できるな」

とすぐわかるプロの女というのは、全体的にそぎ落とされた感じだ。全体に小さく小さくまとめている。髪を常にかきあげているような女はまずいない。アマチュア度が強まれば強まるほど、過剰なものが生じてくるのである。

†………『そう悪くない』

きちんとしたフォームで、立つ、歩く、食べるということに、やっとこの年で目覚めたのだ。そしてそれがいかに大切かということもわかった。

まずフォームをつくる。そしてそれを得るためには努力をしなくてはならない。学歴といったものとはかなり違う努力である。が、この努力は自己肯定へつながり、やがてつくり得たフォームによる、他人からの賞賛は自信をつくり出してくれる。フォームというものは、自分の吐く息がわずかでもかぐわしいようにという心遣いでもある。それが出来る人間とそうでない人では、自分に関してやがて大変な差が出てくるはずだと私は信じたい。

†……『強運な女になる』

「まあ、やれるだけやってみろ。ただ意地だけは通せ。お前らは大馬鹿だが、馬鹿は馬鹿なりに意地を世間に見せてやれ」

†……『白蓮れんれん』

「あのね、仕事の人は決してお友だちじゃないの。お友だちっていうのは、一緒に仕事をしない人のことを言うの」

†……『ロストワールド』

この業界、図太いということは才能だからね。だけど最初からそんなに図太い奴はいない。みんな最初の十メートル泳ぐまで、騙されたり叩かれたりして泳ぐのがつらくなる。この時引き返したり、ぶくぶく沈むのもいるさ。あっち側に渡りきればかなり楽になれたのにな。

†……『トーキョー国盗り物語』

仕事について、生きるということについて、さまざまな意見があるだろう。一日八時間の勤務時間を、お金を貰うためだけと割り切って、できるだけ省力化するのもひとつの考え方であろう。

こんな仕事じゃなかっタラ、もっといい学校を出ていタラ、あの会社に受かっていタラ、タラ、タラ、タラの魚屋女になる。タラに発展性と希望というものはあまりないが、とにかくタラと言い続ける八時間。

しかし、その八時間を自分のために使おうとする考え方もある。会社のためではなく、自分のためにだ。

人生は短い。不満たらたらの八時間でも八時間。それはあっという間に過ぎ去る。その八時間を有効に使い、プロになるための訓練と考える。もしそこまでしてやりたいと思う仕事でもないと考えたら、職を変える。職を変えるためには努力をする。

なんだ、プロになるというのは、このうえなくポジティブに生きるということじゃないか。

†……『そう悪くない』

「あなたの友だちみたいに、いい男にエクスタシーを感じるっていう人間もいる。私たちみたいに、仕事からエクスタシーをもらう人間もいるわ。要はね、エクスタシーをもらう対象に向かって頑張ってきゃいいの。それでいいのよ」

「でも、一生エクスタシーを感じなかったら不幸ですよね」

†……『トーキョー国盗り物語』

おどおどしたり、あれこれ考えても仕方ない。起こるべきことは起こるし、予想もしなかったミスも出てくるだろう。だが、たいていのことはうまくいくものなのだ。

†……『マリコ・ジャーナル』

「オレ、会社に入ってつくづくわかったんだけど、女って勝手なもんだよなあ。いつも女は差別されてる、いい仕事させてもらえないなんてぶつぶつ言ってるけど、都合が悪くなると私は女だからそんなことできない、だろう。うまく使いわけてるよな。そんなこと、オレたち男にはできないよ」

†……『幕はおりたのだろうか』

「ねえ、あなた、作家になろうって決心したんでしょ。チャンスは目の前にある。イチかバチかっていう時に、とびつかなきゃ駄目。物書きなんてね、自分はもちろん、身内ごと傷つけて生きていくんだから、そのくらいの覚悟がなくて、どうして物を書いていこうなんて思うの？」

†……『短篇集　少々官能的に』

会社っていうのは

就職っていうのはクラブ活動の延長じゃないのよ。会社っていうのはお金を払う側なんだから、一流大学を出て、優秀で綺麗《きれい》な女子学生を欲しがるのはあたり前じゃないの。コネだってあった方がいい。確かに不条理なことだけど、不条理なのが企業っていうもんなんだから。

私なんか大学を出た年に受験する端から落ちて物書きになったようなものよ。こんな不条理なのは嫌だ、差別は許せないって思うんだったら徹底的に戦うか、私みたいに会社の物差しが届かない、アウトローの世界に生きるしかないんじゃないの……。

†……『猫の時間』

「でも、でも、顔で就職するわけじゃないんだもん。能力で人は採用されるんだもん」

下着を脱ぎながら、キリコはいつのまにかつぶやいていた。つぶやきながら、そんなことは嘘っぱちだということをとうに自分は知っていると思う。

†……『星に願いを』

こっちは正しくて、あっちは絶対にいけない。この根性と強気がなければ、私たちは世の中をわたっていけない。そうよ、そうなのよね。私たちは修道女でも、ボランティアでもない。やっぱり、「悪人」をまわりに仕立てないと、心地よく暮らしていけないタイプの人間なのである。

「自分に甘く、他人に厳しく」

あーら、いいじゃない。このくらいのことをしなきゃ、このストレスの多い世の中、どうしてわたっていけようか。

だからあなたが、あの同僚の女や、課長のことが大嫌いでも、ちっとも気にすることはない、向こうもどこかで同じようなことを言ってるはず。お互いさま、お互いさま。

†……『女のことわざ辞典』

日頃好き放題のことを書いているような私であるが、ひとつだけ戒《いまし》めていることがある。それは他人の結婚について絶対に意地の悪いことを書かないということだ（陰で言うのはもちろん別）。自分が結婚した時にしみじみ思った。普段はたいていのことは我慢している。が、一生に一度好きな人と結ばれる時に、ひどいことやいいかげんなことを言った人に対する恨みは、四年たった今でもはっきり憶えている。

†……『そう悪くない』

私は、たった一人の家憲を決めた。

人の噂話をする時は、まず「噂ですけどねえー」と断る。

人とは弱いもの。「黙っていてね」と念を押されても、ついぺらぺらと喋ってしまう。私はその心のからくりがわかるから、他の人に喋ったことをとがめやしない。ただ最後に必ずこう言うことにしている。

「噂になって伝わるのは仕方ないけど、あんまりすごい脚色はしないでね」

こういう知恵は、苦労しないとでてきませんよ。ホント。

†……『女のことわざ辞典』

よく「ＯＬ常識集」などには、人の悪口を決して言ってはいけないと書かれている。湯わかし室で人の悪口がささやかれた時には、

「そうですか。そういうことに私はうとくて……」

という風に言えと、エチケットの先生方はおっしゃっている。

しかし、悪口を言わないがゆえに、悪口を言われるということも、実際にはかなり行な

われているのである。

人間関係の摩訶《まか》不思議なところは、悪口を言い合っている当人同士が結構仲よくしていたり、その場にいないという理由だけで、悪口を言われたりするところにある。

みんながそれぞれに、多少なりとも悪口を言い合い、後ろめたさを持ちながら、それでも丸くつき合っていくというのが会社というものだと私は思う。

「そんなひどい」とあなたは言うかもしれないけれど、胸に手をあてて考えてほしい。他人からひと言も悪く言われない人間が、会社に一人でもいるだろうか。そして、あなたも悪口をひと言も言ったことがないだろうか。

そもそも、私は悪口を全く言わないOLなんて、本当に薄気味悪いと思う。こんな女がもしいたら、絶対に仲間はずれになっているはずだ。

会社において、他人の悪口というのは、言っている人間同士を結びつける、一種のコミュニケーションなんだからね。

要はどうやって、罪一等を逃れるかなのである。ヘンな言い方かもしれないが、悪気ない悪口をどう言うかなのだ。

人の噂話をするのはやめなさい。人の見ているところで、彼といちゃいちゃするのはやめなさい。

なんて言ったって、やめられるあなたじゃないでしょう。そうよね、つらい仕事を終えた後、気のおけない女友だちと、いやな奴の悪口を言うって、人生の楽しみのひとつよね。

†……『女のことわざ辞典』

人間、本当に怒ったら、それほど単純に自分の感情をあらわにしないものだ。

そう、それほど怖がることはない。上司にしても、恋人にしても、虫のいどころが悪い時もある。そういう時に居合わせたのが、なにかの縁だと思って、気楽に構えてみることが大切だ。

けれども刺激しないように、あくまでも自然にね。

†……『女のことわざ辞典』

「いつも職場に花と笑顔をたやさない女になります」

などという女性は、いかにもインチキくさい。友だちにはなりたくないと思う。

けれども、

「みんなが好きそうだから『花と笑顔をたやさない女』というのをやってみようかしら」

という二重構造の考え方を持てる女というのに、私は拍手をしてしまうね。

キャリアをつむ

東大を出た部長であろうと、哲学を大学でやっていた課長であろうと、女性に求めるものはただひとつ、「女らしさ」ということなのである。

†……『幸せになろうね』

あなたが考えるほど男というのは、あなたを〝深読み〟してくれない。非凡さを見出してはくれない。それを納得できればよいのである。

ひたすら野に咲く花を愛し、礼儀正しく、気くばりをもってふるまえば、それでコトは足りるはずだ。

「それができないから、むずかしいのよ」

とあなたは言うかもしれないが、そういう意識をもつということと、全く知らないということでは、天と地ほども違いがある。

†……『幸せになろうね』

ある雑誌を読んでいたら、「中堅サラリーマンがいちばん好むＯＬの言葉」という記事が出ていた。

「課長さんってお若いわ」

とか、

「仕事ができる男の人って素敵」

などといった類のものだろうと予想していたのであるが、あにはからんや、

「昨日はごちそうさまでした」

がトップであった。

これは人の真理をついているようでとてもおもしろい。

あなたって案外ケチね、などと言われている私であるが、この気持ち、わかるなぁ。

お金を使って、なんとなくうやむやになってしまうというのを人は嫌うのだ。

†……『昭和思い出し笑い』

会社の男というものが、すべてバリバリの上役か、そうでなかったら若くてピチピチした発展途上の男性社員であったら、私たちはどんなに働きやすいであろうか。

みんなから忘れさられて、ホコリをかぶっているような定年間近の男、出世コースからはずれて悶々《もんもん》としている中年すぎの男。

ヘタにオジさんたちに同情して、いっしょにおでん屋の縄のれんをくぐることはしなくてもいいと私は思う。

とにかく、オジさんたちとは普通に接すればよいのである。よけいなことはいっさい言わなくてもいい。

よけいな親切はもっともいけない。

そのかわり、つらいことかもしれないけれども、オジさんたちの姿をちゃんと見ておこうよ。

彼らはあなたに、会社とはどういうものか、いくばくかの金をもらうということはどういうものかということをよく教えてくれるはずである。

あなたは、ただそこから学びさえすればよいのである。

†……『幸せになろうね』

日本の男性というのは、博愛主義者というのがあまりいない。美人か、そうじゃないか、若いか、年増かということで、露骨に差別をする。職場の女の子から、道ですれ違う女に至るまで、あらゆる女たちはそういう傲慢《ごうまん》な視線にさらされている。

男たちは男であるということだけで、そういう権利を有すると思っている。それは態度にも現れているよ。

女が男を選ぶといわれる現代だが、やはり日本の女たちは、男のそういう目によって選ばれたり、差別されたりするのだ。

†……『ウフフのお話』

努力して手に入るものを得た人に対しては、それなりの評価が与えられてしかるべきだ。ただし、その評価はその人の本質にかかわるものではない。学歴や肩書は無視しなくてはいけないと怒る人は、学歴や肩書が絶対的なものだと信じている人だ。一流の大学を出て、一流と呼ばれる企業に勤めている人の中にも、くだらない人は山のようにいる。その反対のこともいくらでもある、ということを知るのが人間が生きていくということだと私は思っている。

†……『猫の時間』

アメリカのキャリア・ウーマンたちが、最も怖れていることは、上司の誘惑だということだ。

向こうのオッサンたちは、平気で取引を提案してきて、それをはねつけたりすると減俸したり、左遷したりというケースが多いというからひどい話である。

海の向こうの男たちに比べ、わが国のオジさんたちは、ずっと気弱でしおらしい。だって白昼堂々とオフィスで誘ってくるという話は、あんまり聞いたことがないからね。たいとは、私が言わなくても、大人の女ならわかっているはずである。だから、上役と一対一で酒を飲むというのは、よほど信用できる男でない限りやめた方がいいと思う。

†……『幸せになろうね』

彼のことをちょっといいなあと感じたのは、コピーを頼んでくる時だ。

働く女なら、わかってくれるはずだが、コピーの頼み方というのは、男たちを見る重要なポイントになる。こちらがてんてこ舞いをしているのに、平気で、

「ちょっと、これ。二十部コピーしてきて。急いで」

などという人が多い。けれど寛は違っていた。あたりを見わたし、女たちが忙しげにワープロを叩《たた》いたりしていると、気軽に自分で席をたつのだ。うちのような小さな会社は、このくらいの気配りをしてくれるのが当然なのだが、新入社員の男の子でさえ、偉そうに用を言いつける。そうした中にあって、寛という男は、なかなかできた人物だったといってもいい。

†……『ローマの休日』

私は基本的には、オフィスラブは反対である。なぜなら、私はこの経験者であり、かつ失敗者であるからだ。

そもそも、ゆうべ寝た男にそしらぬ顔をして、

「はい、この伝票お願いします」

などと言うこと自体、かなりイヤラシク、道にはずれたことではないだろうか。

そりゃ、うまくいっている間は、これはかなりマゾヒスティックな楽しさとなり、オフィスラブの最大の魅力となるであろうが、ひとたびダメになったら、あとはもう地獄が待つばかり。

ホントに恋人と失《な》くし物は、外で見つけた方がアタリという場合が多いのだ。

とまあ理性は、ハンタイ、ハンタイと叫んでいるのであるが、恋というやつばかりは、一〇〇パーセント純粋感情でできているから、そうきっぱりとは白黒をつけられないのである。

みすみすあーなる、こーなるとわかっていても、好きになってしまえばどうしようもない。それに現実問題として、同じ年頃の若い男女が、八時間も毎日顔をつき合わせているのである。おまけにそれは「働く」という、人間がもっとも美しく見える状態をすごす時間帯である。

なにかモヤモヤした感情が起こらない方が不思議というものだろう。

こう見えても非常に古風な私、実行するかどうかは別にして、マナーやエチケット（あら、この二つはどう違うんだっけ）の本を読むのが異常に好きなのである。

最近まで私の愛読書だったのは、「女性の手紙の書き方」。昭和三十二年だかの発行である。この中に「求愛に応えて」という文例があり、これにはいたく感動をうけた。

「こんないたらない私でございますけれど、○○さま、いつまでも愛してくださいましね」

なんて奥ゆかしくていいなあ……。ともかく私はカタチから入るというのが大好き。ラクチンだし、いろんな応用もきく。だからして、「ファクシミリの使い方」というマナー読本も、誰かが出してくれないと困るのだ。

「愛の告白をファクシミリでしてはなりません。特に同僚に見られる会社のそれを使うのは厳禁です」なんてね。しかしこれ、一度やってみたい。フラれた男にあてて、ぐちぐちファクシミリをしたら、痛快だろうなぁ……。

†……『チャンネルの5番』

人に甘えるというのは、悪いことでもなんでもない。それは媚びるということと全然違うのだ。自分がその人を信頼できると思ったら、その証《あかし》を見せてやることなのだ。こちらの方で、ほんの少し心をゆるめて見せる、すると向こうもそれに反応して心をゆるやかに、ラクチンにしてくれる。

†……『幸せになろうね』

「短気をおこしちゃダメよ」

よく私たちはこういって、人に忠告する。

しかしこれよりも、

「よく考えなさい。いま自分が短気をおこせる状態かどうか」

と話す方がはるかに正しいのではないだろうか。

確かに短気は損である。じっくりと考えて行動を起こした方が、ずっと得するに決まっている。が、そういう、損だ得だをとおり越して自分の好きなことを言える人間もこの世には存在しているのである。

†……『女のことわざ辞典』

意地悪とかイヤミを言うものに対しては、全精力を傾けてこれに対処すべきである。しかし、「好かれない」「無視される」という行動に対して人はなすすべがない。なぜなら、「好かれない」という事実は、人間のすべてのものを萎縮させてしまう。

だから私は、みんなから好かれないという理由で、会社を辞めたいという相談をうける時、あまりひき止めないようにしている。私の眼からみても、彼や彼女たちはごくふつうの、まじめな人間であることが多い。そんな人間でも、いったんこじれた人間関係を元にもどすことはできないはずだ。

汗と涙を流しながら、必死でこんがらかった糸を直す努力をするよりも、もっと自分を受け入れてくれる場所に行った方がいいと私はいつも言うのだ。

†……『幸せになろうね』

手にしているものがあまりにも粗末な人間は、ぱっとそれを手放す自由をも有しているのだ。

†……『不機嫌な果実』

これは本人から聞いた話であるから、実話である。私の知り合いが、入社試験の面接に立ち合った。ひとりひとりの履歴書を見比べているうち、突然ギョッとなった。ある女性の「所感」というところに、こう書かれていたそうである。

「私性活を大切にしたい」

こういう気構えの人が会社員になれば、後は推《お》して知るべしであろう。「今どきの若い者は」などと、おばさんくさいことを言うつもりはないが、いやあ、最近のOLというのは本当にユニークである。もちろん社会意識に根ざした優秀な女性も多いが、いちばん厚い層というのは、ま、お気楽者ばかりが揃《そろ》っている。

†……『女のことわざ辞典』

職場における男と女たちというのは、必ずしも利害関係が一致するとは限らない。というよりも、むしろ反する場合の方が多いかもしれない。

もちろん、男の方が正しく、立派だということはいくらでもあるのである。女はそれを認めているのであるが、感情はしばしば彼女たちを裏切るのである。

「キミが今日中にできると言ったんだよ。それなのに用事があるから残業はしたくない。それはおかしいと思わないかい。キミだって会社にいる限りは仕事のプロなんだろ」などという言葉は、理屈が通っていればいるほど、女たちの頰ぺたをプーッとふくらませる原因となるのだ。

たとえ彼女たちはその前夜、雑誌『コスモポリタン』で、「あなたはなぜ管理職をめざさないのか」という特集を読んでいたとしても、彼女にとって、六時に新宿で待っている男の方が、はるかに大切なのである。

こういう女たちを、骨の髄までプロ意識に目ざめさせ、徹底的に教育する自信とヒマがあなたにはないはずである。それならば中途半端に厳しくしない方がいいというのは、私の結論。

自分で稼いで、一本のワインを気がねなく買うことが出来る。そして気に入った仕事と気に入った女友だちを何人か持っていれば、年をとっていくことも捨てたもんではない。我ながら意外なほど、充実した日が待っている。

だが若いうちはそんなことはわかりもしない。私もそうであった。イヴの夜、もしかすると一人かもしれないと涙ぐんだ時、異性しか見えていなかった。イヴは女友だちと過ごせばいいのだ、世の中には他にいくらでも快適なやり方があるという簡素な真実に人がやっと気づくのは、「クリスマスケーキ」の呪縛《じゅばく》から解き放たれた時かもしれない。

†……『猫の時間』

野心をもつ

キリコは混乱しはじめた。どの時点にもどり、どこからやり直せばよかったのか、皆目見当がつかないのだ。トランプのゲームのように「総替え！」と叫んで、今までの人生を、そして自分自身さえとり替えることができたら。

キリコは二十七歳になっていた。そしてその時まで、自分の過去を悔いるという行為が、これほどみじめなことだと彼女は全く知らなかった。

†………『星に願いを』

私は、野心を持った女の子が大好きだ。ただしこれには、ありきたりの小細工をつかわないこと、という条件がつく。

例えば、

仕事のためなら、オジさんに手ぐらい握らせてやる。ま、相手次第ならキスも可か……。しかもセクハラなどと騒ぎ立てない。が、最後までさせてしまっては身もフタもない。この加減がわかる女というのはなかなかのものだ。

世の中には、努力をあまりしたくないけど、ナンカ楽しいことをしたいという女はとても多い。書くことは嫌いだけれど、作家になりたい。入社試験は受けたくないが、社員の編集者になりたい。などと考える女は昔からよくいるが、こういう女はうちでおとなしくしていた方がよい。

†………『美女入門』

「野心をもつということは、すでにひとつの能力をもつということだ」

これは私の長い間の持論であり、現在私が手に入れたさまざまなものは、すべてここから始まっている。しかし、しかしである。すべての人間が、野心と能力のバランスがとれているとは限らないのだ。正直に言わせてもらえば、野心だけが異常肥大してしまったような女が、最近急激に増えてきているような気がして仕方ない。
この野心というものと長年つきあってきた私だからこそはっきりと言えるのだが、野心はアメーバーのように心の中のいろいろな感情を食いつくして繁殖していく。よっぽど器《うつわ》が大きくないと、その扱いのむずかしさときたら口では言いあらわせないぐらいだ。そのために苦しんでいる女性たちを私は何人も知っている。

†……『幸せになろうね』

あたし、みんなから愛されたいのというのも女の人生。みんなから嫉妬されるぐらいじゃなきゃ一流じゃないと思うのも女の人生。
どちらがいいとも言えないけれど、人間というのは叩《たた》かれていくと、いつか叩かれることに慣れていく。口惜《くや》しかったら私みたいになれ、といつしか心の中で叫ぶくらい強くなれる。叩かれることで、ますますビッグになる女は、百人のうち一人か二人はいる。もし自分がそのうちの一人だと思ったら、頑張れ、頑張れ。

†……『女のことわざ辞典』

「あのね、女は平地にいるうちは何も見えてこない。そういう人生しか知らない。だけど段階を上り始めると、もっと上があることがわかってくる。すごくつらい。もう降りようと思って平地を見る。だけどもうあのフラットな場所には戻りたくなってくる。だから歯を食いしばって上に上らなきゃならなくなるの。すごくつらいし、苦しいわよ。だけどこれが野心っていうものなのよ」

†……『美女入門』

人生というのは、そうおいしい部分だけをついばめないのだ。甘いひと口を食べたいと願うなら、そのあと苦い部分を我慢しなければならないはずだ。自分が選んだ人生の後始末をできない人間を私はなによりも軽蔑《けいべつ》する。

†……『ブルーレディに赤い薔薇』

「野心を捨てさることもまた、非常に努力のいる能力である」

私は最近こう思うようにさえなっている。

自分が平凡でふつうの人間だと悟ることは、確かにつらく悲しいことに違いない。人々は口で言うほど、自分のことをつまらない人間だなどと、誰ひとり思ってはいないものね。

しかし、野心を捨てるということは、可能性を捨てるということではないのだよ。たとえきらびやかな人生をおくれなかったとしても、一人の人間として素敵な人生をおくるというのは、誰にでも許された権利だ。

そのための努力をしようときめたら、ムダなエネルギーに時間を費やしてはいけない。

得体《えたい》の知れない、どんなものか自分でも見当のつかない野心に目を奪われて、あなたは大切なものを忘れてはいないだろうか。それは、毎日を楽しく快適にすごすという基本的なことがらである。

†……『幸せになろうね』

みんな「キャリアを積んで、三十代で子供を産みたい」って言うんですね。キャリアを積んでいれば、出産の時に半年ぐらい仕事を休んでもどうってことないでしょう。だから、一応みんなそういう計画を立てているんですけど、実際には三十代に入るとなかなか妊娠できなくて困ってるみたい。

†……『林真理子のおしゃべりフライト』

「結婚と仕事、どちらを選ぶか」

などと古くさいことを言うつもりは私にはない。

好きな男がいるなら、さっさと結婚すればいい。しかし、そこで同時に「仕事」とか「生きがい」という単語を口にするのならば、その分、なにかを引き算しなければいけないのだ。これは働く女の仁義だと思うよ。

そしてそれを「不純だ」などというほど、人間の心なんて弱くはないのである。

†……『幸せになろうね』

キャリアを持つ女性を集めて、パーティーをするのが大好きな友人に「セコい女だと思われてもいいけど」と前置きし、こんなことを言ったことがある。

(一) 自分の持っているいくつかの人脈の輪を重ねようとしないこと。仕事の輪、趣味の輪、純粋な友人の輪はそれぞれ独立させる。そうでないと逃げ込む場がなくなってしまう。

(二) 後で「盗られた」などと、決して口にしないという度量と自信がなければ、むやみに人を紹介しない。

(三) もしそういうことになっても、その人を恨まない。魅力的な人物は、皆の共有財産と思うべし。

そしてもうひとつ重要なことがある。知り合いはともかく、友人も洋服と同じで、ある一定量以上は必要ない。時々風にあてたり、アイロンをかけたりと、きちんと手入れが可能な洋服と友人の量は限りがある。そう欲張って多くすることもないのだ。

そして本当に気の合う友人を見つけたら、誠意をつくす、長続きするよう努力をする。これこそ女のルールである。

†……『猫の時間』

「いや、だけどあなたにはそういう生活をよしとする強さがあります。ねえ、北村さん、僕は仕事柄いろんな女性を見てきて、女性には二通りあることがわかりましたよ」

ちょうどバーテンダーが通りかかったので、沙美はこちらと同じものをと、田代のウィスキーグラスを指さした。

「下品な言い方をしますが、仕事と寝ることが出来る女と、出来ない女です。その男と寝るほどの仲になったら、たいていのことは許してしまうものでしょう。欠点にだって目をつぶることが出来る、それと同じように、文句や愚痴《ぐち》を言いながら、仕事に惚れている女性がいます。どうしても離れることが出来ない。北村さん、初めて会ったときから僕にはわかりましたよ。あなたは仕事と寝ることが出来る女性だってね」

†……『コスメティック』

Chapter8

女の一生は本当に忙しい

ダイエット、ダイエット、ダイエット……


私はつくづく思った。

「ダイエットに王道なし」

ラクな思いをして痩せようなんていうのは、やはり甘い考えなのだ。

†……『マリコ・ジャーナル』

ちょっと油断をすると、すぐに脂肪は身につく。ちょっと油断をすると、すぐに男は離れていく。これは世の理《ことわり》というものであろう。

†……『女のことわざ辞典』

うちの母親は、

「遺伝から来る体質だからあきらめなさい」

といつも私に言うが、どうして納得できようか。こんな理不尽なことがあっていいものだろうか。自分がデブなのは、自分の罪だと静かに悟り、いくらでもあきらめよう。しかし、肥満というものはすべての人に平等であらねばならないと私は思う。食べた分は確実に比例して肉となるべきであって、そうでない人間を私は死んでも許すことはできないのだ。

†……『街角に投げキッス』

「女の子が六〇キロになると問題よ。寝ても覚めてもそのことばかり考えてしまうの。自分は六〇キロの体重だ、っていうことがいつも頭にあると、好きな男の人の前でもいじいじするようになるわ。余計なコンプレックス持ったり、体の方ばかりに気がいってしまうの」

†……『東京デザート物語』

確かに（これまで）私は努力が足りなかったかもしれない。けれども私だってさまざまなことを試みたのだ。ジャズダンス、食餌《しょくじ》療法、サウナレオタード。しかしそれらのすべては、今の私に悔恨と憎悪しかもたらさない。

天は人の上に人をつくらず。人の下に人をつくらず。

赤ん坊の時は差というものがない。同じようにぷっくりとした手を持ち、丸顔で足も極端に短い。それなのに、たかが二十年やそこら生きていくうちに、どうしてこれほど決定的な違いが出てくるのであろうか。

夏に買ったジーパンがどうしても入らなくなった夜、私は初めて神を呪《のろ》った。

†……『真理子の夢は夜ひらく』

「ダイエットはくだらないとこもあるけど、成功したら成功したで自信も持てるわ。自分の体をコントロール出来るっていうことは一生の財産よ」

†……『東京デザート物語』

女なら誰もが経験あると思うが、ダイエットが軌道に乗るとまことに気分がいい。最近はピクリとも動かなかった体重計の針が、一キロ、二キロというふうに動き出した。

「ちょっと聞いてよ、もう六キロも痩《や》せたんだから」

仲よしの男性編集者に自慢したところ、

「ふん、あんたの六キロはふつうの人の一キロと同じだよ」

馬鹿にされたが、それでも嬉《うれ》しいものは嬉しい。

†……『原宿日記』

「私、いつも思うんだけど、女性雑誌の痩身《そうしん》広告ってすごいわよね。あそこから女の怨念《おんねん》が漂ってくるような気がする」

「そりゃそうよ。みんな痩せたいもの」

「そういうことじゃなくって、女っていうのは、痩せさえすればすべての夢がかなうと信じてるでしょ。美人になって、男にモテて、仕事もいいところに就職できる。そのイメージをつくるエネルギーがすごいって言いたいのよ」

彼女は以前から、痩身は女にとってメルヘン、完璧なおとぎ話だとよく言っていた。「私はこれで痩せました。毎日がバラ色」という広告記事を読むと、まさにシンデレラ物語のパターンなのだそうだ。

「だけど人生、そんなもんじゃないわよねえ。私が若くて、うんと美人だった時、モテたかっていうとやっぱりモテなかったもの。あれって何ていうか、やっぱり周期なのよ」

「周期ねえ……」

それならば、モテる周期が私の四十歳や五十歳にぶつかりませんように。なるべく早めに来てくれますように、と私はひとりつぶやく。

†……『こんなはずでは…』

人はなぜ記録を好むのか。答えはいわずとも知れている。すぎていく日々をひきとめておくためなのだ。

たとえばダイエットをした日々を考えてほしい。野放図に食べていると、アッという間に、時間は過ぎるのに、記録をつけ、自分のプロポーションをととのえようとすると、信じられないほど時間はスピードを落とすのだ。精神の差なのだろうか。

†……『言わなきゃいいのに…』

どうせならダイエットしようと覚悟を決める。一回食べる量を計って油抜き料理を始めたのに、少しも体重が減らない。若い時はその気になりさえすれば、一週間で五キロぐらい落とすのは簡単だった。年とると脂肪ががっしりとしがみついてくるみたいだ。ああ嫌、嫌とヘルスメーターに乗ってため息ばかりついている。仕事が少しもはかどらない。そういえば胆石にストレスはすごく悪いと聞いた。これではますます袋小路に入り込むばっかりではないか。友人との夕食も全部キャンセルしたし、私は人生の楽しみの四分の三を失ったことになる。

†……『原宿日記』

私がこの世でいちばん尊敬出来る人というのは、自分の体重管理が出来る人である。ジムに通い、水泳を続け、自分のハダカをいつも鏡に映してチェックする人、そんな人に私はなりたい。

†……『美女入門』

久しぶりに私はA氏とデイトをした。このA氏は私の男友だちの中でもピカイチの存在といっていい。インテリなのにハンサム、私と同い齢であるが多分に少年っぽさを残している。

A氏はプレイボーイというのではないが、女を喜ばせるちょっとしたコツを知っている。というよりも、そういうことを自然に出来る男だ。

食事の後、二人でバーに入ったのであるが、私の飲んでいるカクテルを、断わらずにひょいと取り上げて口をつける。自分の注文したバーボンを、ちょっと飲んでみてと前に差し出す。

グラスを共有する、というのは、それだけでかなりドキドキする経験ではなかろうか。おまけにA氏は喋るたびに、

「ね、ね、それでさ」

と私の腕に触れるのだ。女でよくこういうタイプがいるが男では珍しい。私はウヌボレ屋ではないが、かなり想像力が豊かな人間である。よって胸がトキメく。

が、そのたびにあの数字が頭の中で膨れ上がり、私の脳味噌の大部分を占めるのだ。

「私は○○kg、○○kgの女なのよ」

そんな女が男の人を好きになる権利なんかないのよ。そう、おかしなことを思っちゃい

けないのよと私は次第に暗くなっていくのである。

私は思った。女がダイエットをするのは、単に自分を美しく見せたいからじゃない。精神をすっきりとやわらかくしたい。つまりヒーリング効果なのである。　†……『美女入門』

私は今年、長年のむだ遣いをやめ、お金をためる。そしてダイエットに成功して、長年の脂肪を吐き出す。お金と美さえあればいい年になりそうだと思う私のこの単純な楽天性さえあれば、たいていのことは乗りきっていけるはずだと私は考えるのである。

†……『そう悪くない』

「村西さんは何か制限されているんですか。そんなに綺麗《きれい》でいるためには、あんまり食べないんじゃないですか」

「そんなことありません。おいしいものを食べるの大好きですよ、本当に」

セックスは最高のエキササイズだと冗談めかして言ったのは、確か神谷である。人間の体はそういう風に出来ているのだ。こってりとしたうまいものを食べた後には、激しく愛し合えばいいのだという。彼は太った女が嫌いであったが、ものを残す女、不味《まず》そうに残す女はもっと嫌いであった。そういうことをする女は、自分はセックスの機会が少ないつまらない女ですと、自ら言っているようなものだと言う。いい女ならば、すぐに男に抱かれるのだから、たっぷりと食べても大丈夫なのだ。

†………『花探し』

ファッションの根源にあるもの

私は断言してもいいのだが、人間は外見である。特に女の子にとっては、どんなおしゃれをし、どんなふうに気をつかっているかが履歴書代わりになる。若い大切な時期に、「人間は外見より中身。それよりも心を美しく」なんていうヒューマニズムにひっかかっちゃダメ。だいたい、二十歳前後の女の子は、みんなそれぞれ適当に意地悪く、適当にやさしい。中身はそう変わりないんだから、パッケージで差別化をはからなけりゃね。

†………『マリコ・ジャーナル』

もうTPO、などという言葉はとっくになくなったが、私はいつ、どんな時にもセーターやジーンズを着て現れる女の子が嫌いだ。髪型やセーターがどんなにきまっていても、ちっともおしゃれじゃないと思う。なぜなら、いつもと違う場所に行く時には自分を変える、着ていくものを工夫する、という楽しさを拒絶しているからだ。気取ったレストランや劇場に行く時には、やっぱりセーターじゃ悲しい。このあいだ歌舞伎座で、コムデのワンピースを見たが素敵だった。頭のいいコは、自分らしさを守ったまま、やることはちゃんとやる。

†………『美女入門』

女のボディは歴史である。最初からおしゃれな人なんていない。失敗しながら気を使い、頭も使い、お金だってもちろん使って、服を自分のものにしていく気概がなけりゃ。

†………『美女入門』

私はファッションの根源にあるものは、緊張感ではないだろうかと最近思うようになった。パリの街を歩いたことがある人ならおわかりだと思うが、あそこはカフェから鋭い視線が矢のように飛んでくる。カフェに陣どる人々の前を胸を張り、自信を持って歩くなどというのは、全く至難の業《わざ》であろう。

「見る人」「見られる人」がつくり出すぴりぴりするような緊張感、あれがファッションという地震を発生させる。

†………『皆勤賞』

私なんかうちにいる時は、いつも無化粧であるが、そのかわり、どこか行くとなると、バシーッと決めてやる。その落差に夫は驚くが、ま、この落差があるところが、自分でもとても気に入ってるんだ。

アイシャドウを入れ、口紅をひくと、私の顔はとたんにいきいきとお喋りを始める。女だったらそうだろうけれども、私もこの瞬間がいちばん好き。

全くこの顔とは長いこと苦楽を共にしたよなあ。喜びも悲しみも幾年月、ある時はコンプレックスのカタマリになり、ある時はちょっと恋人におだてられて、いわれなき自信を持ったこともある。

今のような平常心を持てるようになったのは、やはりメイクの技術を習得したからであろうか。異を唱える人もいるだろうが、私はメイクがかなりうまい方だと思う。

†……『強運な女になる』

メイクっていうのはすごくおもしろいんだ。初めて口紅をひいた十四歳の時から、女は限りない修業の道に入る。二十代後半になり、やっとメイクがうまくなったと思う頃、今度は肌の衰えをカバーする術をマスターしなければならない。女の一生は本当に忙しいぞ。一生勉強だ。

†……『強運な女になる』

よく女は、他人から見られると美しくなるといわれる。私が言うところの「有名人ホルモン」であるが、私は最近、このホルモンの出どころをやっと解明した。ホルモンは実は自覚症状なのである。人に見られる自覚と、そのためにキレイにならなくてはいけないという義務感だ。

†……『強運な女になる』

祥子は待つというのが少しも嫌ではない。冷たい飲み物を少しずつ口に入れながら、これからやってくる男のことを考えたりする。気づかれないようにコンパクトで顔を直したりするのも楽しい。

祥子はこの頃気づいたのであるが、男を待つ十分、二十分という時間は、女を飛躍的に美しくする。肌は水を吸いあげたようになり、目は輝きを持つ。

†……『さくら、さくら　おとなが恋して』

こんなことを言うと意外に思われるかもしれないが、私は私の顔が大好きなのだ。いや、大好きというのはあたっていないかもしれない。日によってはそれこそ顔も見たくないときもかなりある。

けれども女だったら誰でも経験あることだと思うけれども、化粧がうまくいった瞬間、やはり鏡の中の自分にウインクをおくりたくなる。夕べよく眠ったから白粉《おしろい》ののりもいい。新しく買ったばかりのアイシャドーはグラデーションがとても綺麗《きれい》だ。こんなとき、私は一瞬ではあるが自分自身に見惚《ほ》れる。

†……『ブルーレディに赤い薔薇』

Chapter9

年をとる楽しみ

花は盛りのみ楽しむものではない

この頃、本当に時間が早くたつ。十代の頃、大学の上級生に、

「二十歳すぎたらね、坂道をころげ落ちてくみたいだからね」

とさんざん脅かされたことがあるが、三十歳すぎた今は、さしずめ綱の切れたエレベーターだ。起きたと思うと日が暮れ、新年になったと思うとすぐ大みそかになってしまう。


†……『言わなきゃいいのに……』


私も年増になってはじめてわかったのである。

「花は盛りのみ楽しむものではない」

古典の時間習った、吉田兼好さんもこんなことをおっしゃっていたっけ。

そう、お互い好き合っている時に、恋愛を楽しむなんて誰にでも出来ることです。じわじわと恋の醍醐味を味わえるのは、恋が終りかける頃であろうか。

あっちの気持ちが醒めているのがはっきりとわかる。こちらも、もう以前ほどではない。が、気持ちを奮い立たせて、もう一回燃え上がったふりをする。

「絶対に捨てないでね」

とか、普通だったらクサくて、絶対に口にしないような言葉をわざと使ってみる。もう演歌の気分、これがなかなかいいもんです。

†……『美女入門』

年増の女はとにかくメンテナンスに時間がかかるのである。エステティック・サロンへ行けば少なくとも一時間半はかかる。全身マッサージもまた最近始めた。何かあれば美容院へ行きマニキュアをしてもらう。この所要時間たるや週にならしたら膨大なものになるはずだ。向上のためではない。とにかく〝現状維持〟のために貴重な時間が消えていく。

†……『そう悪くない』

「私はもう若くはない」

つぶやかずとも、その声は自然にはっきりと自分の内に響かせることが出来た。自分は美しいけれどももう若くはない。選び抜いた趣味のいい着物をまとえば、ちらりと会った若い男の心を十分に惹きつけることが出来る。けれどもそこまでだ。男の欲望をかき立て、そのまとっているものを脱がそうとさせるところまで至るはずはない。また自分も紐をほどく勇気はなかった。

†……『白蓮れんれん』

自慢にもならないが、ついこのあいだまで、鏡に向かうのは、朝、歯を磨いている時だけだった私が、今では一日に何べんもコンパクトをのぞく。そして気にすればするほど、小ジワは目立つようなのだ。

おかしなものである。私は長いこと、年をとるのを怖れるのは美人だけだと信じていた。私はその日が来ても、笑ってやりすごせると信じていた。ところがどうだろう。私もそこいらの女の一人だったのである。

†……『言わなきゃいいのに…』

真夏にそなえて、私も着々と準備をすすめている。

もう年増になったことだし、水着になる自信と体型は、はるか遠くにうち捨てている。今年の夏は仕事にうちこんでじっと通りすぎるのを待とう。なるべく外界を見ないようにすれば、日に焼けた少女だとか、スキューバ・ダイビングの話にも、そう腹がたつこともないのではないだろうか。

と、ひとりで納得していたのであるが、私の心の中に残っていたわずかばかりの向上心が、こうささやいたのだ。

「投げちゃダメ。今年の夏はたった一回きりなのよ。気をとり直してガンバらなくちゃ。いまからなら間に合うわ」

本当にそうだと思った。

「夏をあきらめようとすることは、青春をあきらめようとすることだ」

これは私がたったいまつくった格言だが、夏なんかどうでもイイヤと思いはじめたときから、女の老化は始まってしまうような気がする。

†……『ブルーレディに赤い薔薇』

私は最近つくづくわかったのであるが、老いというのは下りの斜めのラインではなく、階段状になっているものなのだ。白髪もシワも出来ない。私って結構このままでいけるかもとタカをくっていると、ある日鏡を見ると大きなたるみが発生している。ある日突然、という感じでガタガタと崩れる。

これを何とか押しとどめるために、年増女は切磋《せっさ》琢磨《たくま》しているわけだ。

†……『そう悪くない』

やっぱり温泉というのは、女と行くに限る。私は、つい最近親しい女性四人で温泉に出かけたのであるが、食っちゃ寝食っちゃ寝の末、夜はすさまじい男懺悔《ざんげ》という世界に突入したのである。が、日頃は忙しくてストレスのたまっている私たちだ。このくらいの楽しみがなくてなにさとばかり、一晩中騒ぎまくった。その温泉旅館は離れ形式だったので、明け方まで賑やかに出来たのである。おかげで、帰る時はみんなすっきりとした顔になっていた。

そう、温泉はリラクゼーションの場なのである。エステに行くのに男を連れていく人はいないであろう。それと同じこと。

†……『美女入門』

ちょっと年をくって、ちょっと賢い女たちなら、それなりにいい友人を持っているというのは当然である。学生時代の自然発生的な友情とは違う。大人になってから自分の感性や趣味で、はっきりと選んだ友人である。だからとても大切に扱っているつもり。まずお互いをとても褒《ほ》め合うわよね。ハイミスというのはデリケートだから、ささいな言葉にも傷つきやすい。

「あなた、目の下の小ジワ気をつけた方がいいわよ」

「最近、白髪《しらが》が増えたんじゃない」

などとわざわざ注意してやらなくても、女たちは鏡を見てとっくにわかっている。それにディスコに出かける前の、ボディコンピチピチギャルたちの服装点検ではない。あれならどんな厳しい採点チェックも、明日への向上につながるだろうが、私たちは仕事に疲れた女たちさ。ほっとひと息入れている時に、わざわざ欠点を暴きたてることはない。褒《ほ》め言葉はどれほどの慰《なぐさ》めになるだろう。

「そういう赤って、ちょっと若い人には着こなせないわね」

「ま、新しい髪型いいわよ。美容院替えて成功だったわね」

もちろん言うべきことはきちっという仲だけれども、ほんの憩《いこ》いのひととき、目立つところを褒めたって減るもんでもなし。

男とのことは許す。そしてとにかく女同士褒め合う。これこそ、今の時代の女たちのエチケットではないかしらん。

†……『女のことわざ辞典』

「国枝さん、年はとりたくないわよね。女も五十が目の前になると、体中が乾いてカサカサになってくるわ。もちろんあそこも濡れなくなってくるのよ。そうなるとみじめなものよね」

「女の人の魅力は、そんなもんだけじゃありませんよ」

「そういうことを言って、男は女を慰めようとするけれども、聞くだけで白々しい気分になってくるの。じゃ、男がいて、年とった女と若い女とのどちらを選ぶかといったら、百人が百人、若い女を選ぶでしょう。男と女の本能っていうのは元々そういうものらしいもの」

「そんなことはありません。若い女に無いものを求める男というのはいくらでもいますよ」

「あら、若い女にないものって何かしら。皺と弛《たる》んだお腹よね。そういうものを求める男って本当にいるものかしらね」

「いや、男というのはね、もっと複雑でとてもいっしょくたには出来ないものですよ」

†……『初夜』

私はもう二十八歳になるし、どう贔屓目《ひいきめ》に見ても、すごい可愛子ちゃんでも美人でもないということを知っている。けれど十人並みと言われたら腹が立つ。服のセンスや性格で、平均の女たちよりも頭ひとつ分点数を上げているといったところであろう。こんなに冷静に自分のことがわかっている私なのに、「若い女の子」「綺麗」「可愛い」という言葉が、ぞくぞくするほど嬉しい。骨身にしみるという言葉があるけれど、こうした甘い言葉というのは背骨の方からしみてきて、体全体を小さく震わせるみたいだ。

†……『死ぬほど好き』

白いコットンの寝巻きから出た、自分の腕の内側をそっと撫《な》でてみる。なめらかでやわらかいけれども、その中に若さの証《あかし》である弾力が控えている。やわらかさと硬さとがぴったりとバランスがとれた肌だ。これがいっきょに崩れ、やがてやわらかいだけの肌になっていく日が来るのだろうか、いや、きっと自分にはやってこないと、舞衣子は不思議な確信を持つ。選ばれた特別の女には、老いはしのび寄ってこないような気がして仕方ない。皮膚がたるみ、白髪が出来、その変化に怖《おそ》れおののくのは、平凡なうえに何の努力もしない女たちだけのことではないだろうか。いずれにしても、舞衣子にとって老いは秘境と同じで、はるか遠くにあり、永遠にめぐり逢《あ》うこともなさそうなものであった。

……『花探し』

「それじゃ、女の厄は…」

「かぞえで十九歳。その後は三十三歳」

美穂は即座に答えた。

「これもよくわかるじゃないの。昔だったら、十九っていえばさ、新婚か子どもを産むってとこじゃない。夫婦の何かよくないことが起こりやすい時なのね。初めてのお産っていうのは、いろいろ大変らしいしさ。三十三はさ、昔でいえば中年まっただ中、子どものことか、家の中のこととか、悩み多き時よね」
「やめてよ、中年だなんて」
「昔はそうだったんだから仕方ないじゃないの。その頃の三十三の悩みっていうのは、母や妻としての悩みだったんだろうなあ。今みたいに女としての悩みじゃなかったはずよ。ま、私たちっていうのはさあ、女としての悩みだからいろいろ困っちゃうのよね」

†……『anego』

年上の女の恋

女も齢《とし》をとると、コレステロールと、男を見る目ばっか高くなって、なかなか恋人ができないのである。

†……『南青山物語』

女も三十代の半ば近くなると、いままでぴんと張りつめていた腕の裏側の脂肪が、ぐずぐずとやわらかくなるように、心のあちこちがひどく素直になっていくのがわかる。それを他人からどう隠すかで、また身構えるところがあるにはあるのだが、せめて好きな男の前でだけは、そんなことをよそうと私は心に決めていた。

†……『胡桃の家』

よく年上の女と若い男が恋愛をすると、女が「仕掛けた」ように言われる。が、これは大きな間違いで、年の離れた男女の場合、男の方が積極的にならなければ恋は進展しない。男の誠実さの有無で、恋のなりゆきが決まる。

†……『皆勤賞』

拒否がある。が、その裏にある愛情を読みとる。そして先まわりして、さらに熱い言葉で相手を屈伏させる。これが恋の醍醐味というものではないだろうか。

相手が歳上の女だったら、とにかく愛して愛し抜く。結婚する意思があろうと、なかろうと、あなたなしでは死んでしまうぐらいの気概を見せる。

そうして女にロマンをあたえ、自分も恋のレッスンをする。やがて時期がきたら、「思い出をありがとう」と言って、綺麗さっぱり手を切る。以後は決してつきまとわない。自分の恋を他人に話したりするのはもってのほか。歳上の女はそこらの若い男より、はるかに社会的に持っているものが多いのだから。

このくらいのわきまえがなかったら、ヘタに歳上の女とかかわらない方がいい。流行だからなんてとんでもない。

そお、歳くった女を本気で怒らせると、後がこわいよ。

†……『強運な女になる』

私の友人でひとまわり下の男性と結婚が決まった女性がいる。彼女がその報告に来てくれた折、広告代理店の男がたまたま居合わせた。

「あの女の人は、お金があるんですか」

彼女が帰った後、その男がまずした質問がそれである。

「いいえ、普通のOLです」

「じゃ相当、アッチの方がいいんだな」

彼女は確かに美人でもないし、おしゃれということもない。しかし男というのは、うんと年下の男と結婚する女に対してこれほど意地の悪い発想をするものだということに私は唖然《あぜん》としてしまった。

美人じゃなかったら、金だろう、というこの考えの卑しさ。女というのは「体めあてに近づいてきた」というならばプライドは大いに保たれるが、「金めあて」と言われるのには我慢出来ない。

†……『皆勤賞』

もちろん彼が、自分に好意を寄せているのはわかっていた。しかしその好意というのが、年上の女に対する純粋な友情と甘えだと長いこと思っていたところがある。

それ以上のことを、どうして考えられようか。それは三十近い女のプライドというものだ。

映里子のまわりでも、年の離れた男を恋人にする女は何人もいる。けれどもそれは、三十をかなり過ぎた、映里子から見ると中年の域に達した女だ。映里子のような年齢なら、まだ年恰好《かっこう》の似合った男はいくらでも用意されているのだ。

口に出して言ったことはないが、年下の男とつき合う連中は、すでにいくつかのことを諦《あきら》めている女だと映里子は内心軽蔑《けいべつ》している。なによりもみじめな感じがした。

若い男をひきとめるために、どれほどの努力をしているのだろう。恋人が去って行かないかと、絶えずきりきりと嫉妬《しっと》に苦しめられたりはしないのだろうか。

†……『ピンクのチョコレート』

年下の男のコたちに対し、年上の女はこう振るまわなきゃいけないのだ。

「私って一応年上だし、あなたたちとは別のステージで生きてるの。あなたたちがかなわないような、いい男がいっぱいひしめいてるとこよ。でもね、私って魅力的でしょう。あなたたち頑張って、近寄ってくるのは仕方ないわ。その時は私も考えてもいいのよ」
という アピールを、たえず流し続けなくてはいけないのだ。プライドを持ち、泰然とし
ているようでありながら、どこかで隙を見せる。

†……『美女入門』

三十代後半から四十代というのは面白い年代で、足元と少し遠くをいっぺんに見なくて
はならない。つまりフル回転で仕事をし、同時に中年から老後へ向から計画も立てる。働
き盛りであると同時に、一生つき合える趣味や娯楽を探す年代でもある。
だからこそ目のまわるような忙しさになるのだが、たっぷりと豊かないい日々が続く。

†……『おとなの事情』

四十九歳と四十八歳の中年の男女の痴話喧嘩《ちわげんか》は、若者のそれと全く変わらない。それど
ころかもっと愚かに、幼な気になる。男は純粋さを装おうとし、女は罪悪感を消そうとす
るからである。

†……『みんなの秘密』

時がたっても

時というのは竜巻のようだと史子は考えることがある。あっという間に女をその中に巻き込み空中高く放り上げる。無我夢中で足や手をもがいても無駄なことだ。やがて竜巻はやみ、中から老婆となった女がぽんと放り出される。

†……『文学少女』

世の中には泰然と死を受け入れる人もいる。それまでの人生に悔いがなかったと言いきれる人だ。死んだ後々まで尊敬される人でもある。悠々とした筆運びで、ひと思いに半紙に〝完〟と書き、そして逝くような人生。そんな人間になるのにはいったいどうしたらいいのだろう。

†……『そう悪くない』

つらい、悲しいと言い続けると、その言霊《ことだま》に誘われて、さらにつらく悲しい出来事がやってくる。強い心であたりを眺め、希望の糧を探すのだ。どんな不幸の中にも、見渡せば必ず幸福の種子は見出すことが出来る。そうだ、この家の中にも、自分が愛することの出来る存在はきっといるに違いない。

†……『白蓮れんれん』

「幸せなんて簡単に手に入るものなのよ。あなたぐらいの（年の）時にはわからなかったけれど、今ではよくわかるわ」

「私でもなれるかしら」

「もちろんよ。たいていの若い女の人は幸せになれるわ」

「こういうふうにいっぱい食べて、子どもを生んで、それが幸せっていうんなら、確かにそうだわ」

「そうよ。人は食べて死んでいくの。女の人にはおまけみたいに子どもが生める。それだけでいいのよ」

†……『次に行く国、次にする恋』

「いいさ、いまのうちにうんと楽しんどくがいいさ。そのうちに痛いことが来るよ、きっとね。それを辛抱すると、また楽しいこともくるさ。いろいろあって、おもしろいよ。長く生きてるとね」

†……『短篇集　少々官能的に』

Chapter10
幸せになろうね

女であることの幸せ

初めて口紅をつけた時に流れていた化粧品のCMというのは、女にとって特別のものだ。

†……『嫌いじゃないの』

魔性の女とインランはどう違うのだろうか。

黙っていても男の人を寄せつけるのが魔性、こちらからアクションを起こすのがインラン。

†……『嫌いじゃないの』

女性の服装の差異というのは、からだの両極に顕著に表れる。ヘアスタイルと足元あたりに。

†……『おとなの事情』

「やっぱり彼女だね。秋をつれてきたのは」

少し違っているかもしれないが、昔私が大好きだった、あるファッションメーカーのセーターのコピーである。

女たるもの、このくらいのことを言われたいと常に私は思っていた。季節に敏感な女は、それだけでいい女のような気がする。着るものだけでなく、初夏なら初夏の香りを、夏なら夏の華やかさを、まわりに感じさせることのできる女というのに私はずっと憧れていた。

†……『幸せになろうね』

女を長くやっていて、つくづくわかったことがある。それは「人は外見だ」ということだ。若い頃は「人は外見じゃない」などとむきになっていたが、全く無駄な時を過ごしたものである。あの時間に顔のマッサージや、脚痩せ体操でもやっておけばよかった。

†……『強運な女になる』

「私、謙遜なんかしないわ。自分が美人かどうかなんて、女だったら五歳の時からわかってることじゃないの」

†……『トーキョー国盗り物語』

長く女をやっている私が断言するのだから間違いないが、

「人間、外見より中身だ」

なんていうのは嘘！　大昔、恵まれない女の子を慰めるためにつくられた嘘だ。箱の中身は見えない。素敵にラッピングされたものに手が伸びるのはあたり前だ。ただし、どう自分をラッピングしたいのかというビジョンをつくり出す頭はなければならない。

とにかく私は努力している女の子が大好きだ。お風呂に入るたびにマッサージをし、カカトをよおくスクラブしてクリームを塗り込む。爪のお手入れもちゃんとして、流行りの色のマニキュアもつける。こういう時間、自分のお花畑をつくり出すひとときが、女の子の内側を変えると私は信じているのである。

†………『強運な女になる』

世の中で女がいちばん怖《こわ》がる病気はなんであろうか。ガンだとかエイズという深刻なものは別にして、それは〝ブスくなること〟だと思う。世の女性雑誌を見よ。

「十日で三キロ痩《や》せる法」

「若々しく見えるメイキャップ法」

など、これに関する処方箋《しょほうせん》ばかりではないか。

この病いの治療法さえ書けば、雑誌や本は売れ続ける。これは誰でも知っていることだ。

†………『女のことわざ辞典』

器量の悪い女は、器量の悪い女が大嫌いである。だいたい、そのテの女たちが集まっているのを見たことがあるだろうか。世の女性グループの取り合わせというのは、美人一人に、並二人、そしてブスっぽいのが一人という構成ではないだろうか。小単位では、美人とそうでないのとがペアを組むことが多い。

世間の人々はよく、

「どうしてあんな美人と仲よくしているのか。自分の不器量が目立つし、だいいちみじめにならないだろうか」

と首をかしげるが、簡単なことだ。

サナトリウムにいる人間が、健康な人に憧れるように、「ブスっぽい」という不治の病いにとりつかれた女は、コンプレックスという病原を胸にひそませない女に憧れるものである。

†……『女のことわざ辞典』

私が声を大にして言いたいのは、女は生まれながらにして非常に芝居っ気を持っているものなのだということだ。

人によく見られたい、目立ちたい、変身したいという気持ちは誰にでもある。なにも嘘をつけということではない。しかし「こうありたい女」というのを自分で演出し、それを楽しむというのは女だったら簡単にできることだ。
その芝居っ気を上手に引き出していけば、かなりいい意味でしたたかな、賢い女になれるというのが私の信念である。

†……『幸せになろうね』

現代の母娘の共犯意識というのは、誰か研究する人がいるとおもしろいと思う。母親たちは、娘のバージニティというものも、ほとんど信じていないのだ。それどころか、日いちにちと驕慢《きょうまん》に美しくなる娘を嬉しいとさえ思う。そして母親たちは、娘たちよりもはるかに、純情というものを信じていない。若い頃、それによってどれほど自分は打ちのめされただろうか。口に出してこそ言わないが、中年の女たちは不倫願望と同じぐらい、悪女願望を抱いているのだ。男の心を手玉にとる、したたかで魅力的な女。そんなふうに娘がなったとしても、それはそれでいいと思っている。

†……『女のことわざ辞典』

「あんた、女ならもっとしっかりせなあかんで。あのな、男と女やったら女の方が百倍も千倍も得なんや。神さまがそういうふうにおつくりになったんやから」
「そうでしょうか、今まで日本の女はずうっと虐げられてきたんじゃないでしょうか。良妻賢母というものを強いられて、自分の幸福なんていうものはほとんどなかったはずです」

「阿呆らし」

甲斐庄は吐き捨てるように言った。

「今日びの女学校は、そんなことを教えるのか。あのな、この世の中の綺麗なもんやいいもんは、みんな女がひとり占めしてしまうもんや。男がおしゃれしてもたかが知れとるわ。男は振袖や簪《かんざし》を身につけることは出来しんからな」

†……『着物をめぐる物語』

女というのは、男が考えているより、ずっと保守的なのである。しかもその保守的というのは、かなり身勝手なもので、

「男のやることはやってみたい。男が知っていることは知りたい。だけどこっちの方をのぞいちゃイヤ」

という、はなはだむずかしいものなのだ。

†……『幸せになろうね』

女友だちはやっぱり美人を選ぶべきである。美人ばかりのグループに入ると、何かよくないことを企んでいるのではないか、実はかなり屈折した性格なのだろうかと、あらぬ腹

を探られることが多いので注意しなくてはならないが、やはり友人の中に美人は必要である。いちばん避けたいのが、三枚目のモテない女たちで徒党を組むというケースだ。端《はた》からは、
「面白くて、すっごくいい人たち」
と評価は悪くないが、本人たちにちっともいいことは起こらない。やはり美しさを自覚し、女らしさは何たるものか追求している人たちに混じり、切磋《せっさ》琢磨《たくま》していくことが、その後の幸福を左右していくのではないだろうか。

……『踊って歌って大合戦』

少しでもきれいになって、周囲の人が振り返ってくれれば、女の人ってとりあえず元気になっていきますよね。

……『林真理子のおしゃべりフライト』

一回でも恋をするとあきらかに女の顔というのは変わる。私のごく親しい女の子は、結婚前にまるっきり顔が変わってしまった。ひと間違いをして、最初は誰だかわからなかったぐらいである。目がキラキラと輝き始め、肌はしっとりとうるおってくるのだ。恋というのは、顔も人相も運をも大きく変えるチャンスである。ちょうどパックのように、顔がいい筋肉の方向にひっ張られているのだから、これを利用しない手はない。よく恋が終わ

ると顔が元に戻ってしまう人がいるが、この張力を何とか残しておきたいものだ。

そのためには別れた男を恨んだり、自分を責めたりはしない。自分を成長させてくれたものだったとポジティブな考え方をする。するとこの張力は、かなり長いこともつのである。

そしてこの張りを少しずつ蓄えていくことにより、いつでもうるおっている女になるのだ。

†……『強運な女になる』

少女の頃、誰もが『赤毛のアン』に夢中になる。そして大人になると、たいていの女はそのことを忘れてしまう。私もそうだった。

それは女たちがアンを裏切るのではなく、アンが女たちを裏切るからである。

赤毛はやがて赤褐色となり、ほっそりとした優雅な姿は、多くの男性の心を虜《とりこ》にする……。私たちが愛したアンは、こんなふうではなかったはずだ。痩《や》せてそばかすだらけでみっともない女の子だけれども、どこか人の心を魅《ひ》きつけるところがあって、他の美しい女の子たちも傍《かたわ》らにいると色褪《いろあ》せてしまう。

少女の頃、私はこの形容詞を何度も読み直した。そしてこれこそは私の求めるものだと信じて疑わなかった。本をたくさん読み、花や小猫を可愛がる心を失わなければ、きっとこんなふうな女の子になれると思ったのだ。

†……『どこかへ行きたい』

女というのは、しつけ糸をつけたままの着物のことは、しこりとなっていつも胸のどこかに残っている。プラトニック・ラブで何もないまま別れた男の人のようなものだろうか。

†……『そうだったのか……!』

おそらくこの男は、自分に同情してくれているに違いない、と沙美は思った。けれどもそれが今、あまり嫌な気分ではない。同性から受ける同情は決して我慢が出来なかった。女と女の場合、どちらかに大きな優越感がない限り、同情というものは起こらない。それなら憎しみというものの方がずっとよかった。

男から貰《もら》う同情には、純粋な甘さがある。自分が何もしてやれなかったという悔いが込められている。それだけを今は楽しめばいいのだ。

†……『コスメティック』

私は思った。今までの私の人生の中で、これほどまでして欲しいものがあっただろうか。それはあった。ひとつだけあった。今、私の目の前にいる娘であった。本妻から苛めぬかれていたあの歳月の中、私がどうしても欲しいものがあったとしたら、この温かい肉体を持つものなのだ。

その存在がこれほど泣いて欲しがっているものを、どうして否と言うことが出来るだろう。

「あんたも同じことをするんだよ」

私は幸子にささやいた。

「あんたも子どもをつくるんだよ。そして産んでおしまい。私がちゃんと育ててあげる。何も心配することはない。本当だよ」

†……『花』

男の肉体よりも女の肉体の方が、はるかに美しいことはよく知られている。女が優位に立てるようにと神さまがおつくりになったからだ。

じっくりと鑑賞に耐えることの出来る男などめったにいるものではない。たいていの男の胴のあたりから尻にかけての線は、ひどく間延びして見えるものだ。避妊具を着装する時、くるりとあちらを向いた時の背中のぶざまさといったらない。

†……『死ぬほど好き』

意味を持つ男と会うための化粧ほど、女にとって楽しいことはない。

†……『花探し』

美容院に行ったついでに、マニキュアとペディキュアをしてもらい、最後にブロウをしてもらった。家に帰ってからクローゼットの前で、今年の流行色のカーキと赤にしようかと一瞬悩み、そして水色のスーツに落ち着いた。男というのはアヴァンギャルドな服装をしている女を決して好まない。少々野暮ったいぐらいでも保守的な服を好むものだということを舞衣子は知っている。それよりも何よりも、男の心をとらえるのは、よく手入れされブロウした髪である。美しい髪の女たちというのは、男たちに多くのメッセージを送り続けているかのようだ。

ねえ、こんな風に髪を大切にするのは、いい女の証《あかし》なのよ。髪だけじゃないの、肌も体のいたるところもピカピカにしてあるのよ。私って上等の女でしょう。こむずかしいことも言わない、めんどうくさくもない、ただひたすら綺麗《きれい》な女なのよ……。

†……『花探し』

女たちへ

厚化粧の女ほど根は単純だということを由香は経験から知っている。

†……『幸福御礼』

普通の言葉の中に、あてこすりや皮肉をさりげなくしのばせていても、砂地の中から女はすぐにそれを発見する。

†……『不機嫌な果実』

神さまっていうのはよくよく意地悪に出来ているらしい。掌で女をこさえる時にね、よく息を吹き込んで念入りにつくった女に限ってね、中のネジをわざと忘れるようなことをするの。どうしようもないくらい男やお金にだらしなかったり、世の中の常識っていうのをまるで知らないような女よね。

†……『着物をめぐる物語』

私ね、この年になってつくづく思うの。女の美しさっていったい何だろうってね。銀座っていうのは不思議なところでね、これほど女の美しさが重要なところもないくせに、その美しさと本人の幸福がね、決して比例しないの。私を見ればよくわかると思うけど、銀座のママってたいてい美人じゃないわよ。もちろん例外もあるけどもね、銀座に店持てるような女はね、美人っていうのとはちょっと違う……。いいのよ、お世辞なんか言ってくれなくても。私はね、この街で三十年以上生きてきて、女の綺麗さなんて、たいして役に立たないってことがようくわかってるのよ。それよりももっと大切なものはね、頭のよさだとか元気さだとか、人からちゃんとつき合ってもらえるまともな心を持っているかどうかっていうことなのよ。私、それを素人の奥さんたちよりずうっとわかっているつもりよ。

†……『着物をめぐる物語』

私はとにかく自分勝手な女で、恋の話を仲のいい友人に話したくて話したくてたまらなくなると、夜中の二時、三時でも電話をかける。しかし、彼女たちは誰も怒らない。これはいつかする復讐のためだと言う。

「私に新しい彼ができたらさ、あなたを縛りつけて、拷問にかけてやる。『もうイヤ、聞きたくない！　やめてーッ』って言っても、喋り続けてやる」

などと怖ろしいことを言うのである。

男関連の無礼さを、女たちはまあ大目に見ながら同時に、いつかきっと自分にもめぐってくる事態を想像しているのだ。だからこそ許せる。だからこそどこかで笑ってしまう。女友だちというのも、なかなか捨てたものではない。

†……『女のことわざ辞典』

長電話は女たちのスナック菓子のようなものである。たいした栄養にはならないが、大切な嗜好品《しこう》だ。それがないと口も手も寂《さみ》しい。

それをぽりぽり食べることによって、女たちはストレス解消を果たしているわけだ。

†……『猫の時間』

ある人の説だが、男というのは電話があまり好きではないということである。

「僕たちから見ると信じられないんだよね。女って毎日会う相手にも、毎日電話をかけるんだから。どうして日々話すことがあるんだろう」

それがあるんですよね、不思議なことに。自分のこと思い出しても、たいしたことを喋っているわけではないのだが、いつも三十分は確実に喋ることができる。あれは女のどういう精神構造であろうか。

そして私はつい最近気づいたのであるが、女同士の深夜コールというのは、コミュニケーションを図ると同時に、お互いの在宅を確かめているのだ。

私などたまに明け方近く帰ってくると、次の朝必ず友だちから電話がかかってくる。

「よかった。ちゃんと家に帰ってたのね」

別に私たちはレズだとか、ことさら友情が厚いというわけではない。相手に出し抜かれるのが許せないのだ。私にだけ、いいことが起こり、なにか劇的なひと夜があったのではないかと、妄想に苦しむ彼女の姿が目に見えるようだ。


†……『言わなきゃいいのに…』

「私はどう生きていくのであろうか」

「彼は本当に私のことを愛してくれているのであろうか」

昔は自分自身に対して向けた質問を、おそらく現在の若い女性たちは、夜の長電話で友人にしているはずだ。返事はすぐに返ってくる。それも口あたりのいい言葉で。
が、それを批判することはない。人間、特に女性というのは、電話と友人を手に入れればたいていそういうことをする。そして幾年か年を経《へ》ると、もう女友だちに質問はしなくなる。おおかたの答えの予想がつくからだ。

†……『猫の時間』

なかなか日が落ちない夏の夕暮れ、好きな人とお鮨をつまんだりする、あるいは懐石料理を食べたりする。こんな時は器ごと冷やした日本酒しかない。大人の女がデイトする場合浴衣はカジュアル過ぎるから、長い襦袢を着けてさらっと麻の着物をまとう。髪もきちんと結い上げ、お化粧も涼し気に。こんな時に日本酒のグラスをつうっと空けると、日本人に生まれて本当によかった、こんな夜を過ごせてよかったという、痺《しび》れるような快感がくる。これはイタリア料理では得られない夏の醍醐味というやつだ。

†……『強運な女になる』

「この年になるとよくわかるよ。人生、くよくよしたって仕方ない。あせって生きてみても先は見えてる。うまい酒とうまい食べ物、こうしてさ、時にちょっと極楽を味わっていけたらそれで十分っていう気がしてくるのさ」

✝……『さくら、さくら　おとなが恋して』

女って本当にいいよ。私は何回生まれかわっても、いつも女に生まれてきたい。いろいろ大変なことや、つらいことも多いが、男の甘いささやきひとつですぐに幸福になれる。幸福になりたいと思う。

女は愚かだと私は思う。愚かだからこそ、失敗も許される。失敗も許されるから冒険もできる。

いま、この国では女の方がずっと元気がいい。女であることのメリットを、みんなが知ってき始めたからだ。知るだけでは生ぬるい。これを十分に利用して、もっともっと楽しい生き方をしよう。

✝……『女のことわざ辞典』

私たちは親の力や偶然から生まれたのではない。誰かの大きな力で生かされているのだ。私たちがこの世に生まれてきたのは、みんな意味があり、何かをするためなのだ。私はいったい何をしただろうかと、私は私に問いかける。何もしなかったと答えるのは淋しい。

私は必死で答えを探したものだ。

「私の成し終えたことはただひとつ、娘を産んだこと。そしてその娘から孫へと私の血を伝えたこと」

けれどもそんなことは、なんと自分勝手でつまらぬことだったろう。きっと伝わるはずだった私の血は、お前のところで止まってしまったのだ。私は自分の傲《おご》りと無力さを知った。

私がこの世に生きてやりとげたこと。それはとにかく生き抜いたことだ。

†……『花』

引用著書一覧

〈五十音順〉

愛すればこそ…　文春文庫
anego　小学館
イミテーション・ゴールド　角川文庫
言わなきゃいいのに…　文春文庫
ウエディング日記　角川文庫
ウフフのお話　文春文庫
男と女のキビ団子　祥伝社文庫
踊って歌って大合戦　文春文庫
おとなの事情　文春文庫
女のことわざ辞典　講談社文庫
女文士　新潮文庫
皆勤賞　文春文庫
怪談　文春文庫
悲しみがとまらない　角川文庫
着物をめぐる物語　新潮文庫
強運な女になる　中公文庫
嫌いじゃないの　文春文庫
胡桃の家　新潮文庫
幸福御礼　角川文庫
コスメティック　小学館文庫
こんなはずでは…　文春文庫
今夜も思い出し笑い　文春文庫
最終便に間に合えば　文春文庫
さくら、さくら　おとなが恋して　講談社文庫
幸せになろうね　光文社文庫
死ぬほど好き　集英社文庫
昭和思い出し笑い　文春文庫
初夜　文藝春秋
素晴らしき家族旅行　新潮文庫
世紀末思い出し笑い　文春文庫
そうだったのか…！　文春文庫
そう悪くない　文春文庫
断崖、その冬の　新潮文庫
短篇集　少々官能的に　文春文庫
チャンネルの5番　講談社文庫
次に行く国、次にする恋　角川文庫
テネシーワルツ　講談社文庫
トーキョー国盗り物語　集英社文庫

東京デザート物語　集英社文庫
どこかへ行きたい　角川文庫
年下の女友だち　集英社
猫の時間　朝日文庫
花　中央公論新社
花探し　新潮文庫
花より結婚きびダンゴ　角川文庫
林真理子のおしゃべりフライト　プレジデント社
原宿日記　角川文庫
バルセロナの休日　角川文庫
美女入門　角川文庫
白蓮れんれん　中公文庫
天鵞絨物語　新潮文庫
ピンクのチョコレート　角川文庫
不機嫌な果実　文春文庫
葡萄物語　角川書店
ブルーレディに赤い薔薇　光文社文庫
文学少女　文藝春秋
星に願いを　講談社文庫
本を読む女　新潮文庫
幕はおりたのだろうか　講談社文庫
街角に投げキッス　角川文庫
茉莉花茶を飲む間に　角川文庫
マリコ自身　光文社文庫
マリコ・ジャーナル　角川文庫
マリコ・その愛　光文社文庫
真理子の夢は夜ひらく　角川文庫
ミスキャスト　講談社文庫
満ちたりぬ月　文春文庫
南青山物語　角川文庫
みんなの秘密　講談社文庫
紫色の場所　角川文庫
夢みるころを過ぎても　角川文庫
ルンルン症候群　角川文庫
ルンルンを買っておうちに帰ろう　角川文庫
ローマの休日　角川文庫
ロストワールド　角川文庫
ワンス・ア・イヤー　角川文庫

本書は、二〇〇一年二月にPHP研究所から刊行された単行本を文庫化したものです。文庫化にあたり、林真理子氏の近刊から一部増補しました。

男《おとこ》と女《おんな》とのことは、何《なに》があっても不思議《ふしぎ》はない

林《はやし》 真《ま》理《り》子《こ》

平成16年 3月25日 初版発行
令和7年 6月5日 22版発行

発行者●山下直久

発行●株式会社KADOKAWA
〒102-8177 東京都千代田区富士見2-13-3
電話 0570-002-301(ナビダイヤル)

角川文庫 13286

印刷所●株式会社KADOKAWA
製本所●株式会社KADOKAWA

表紙画●和田三造

ISBN978-4-04-157938-1 C0195

◆◆◇

角川文庫発刊に際して

角川源義

第二次世界大戦の敗北は、軍事力の敗北であった以上に、私たちの若い文化力の敗退であった。私たちの文化が戦争に対して如何に無力であり、単なるあだ花に過ぎなかったかを、私たちは身を以て体験し痛感した。西洋近代文化の摂取にとって、明治以後八十年の歳月は決して短かすぎたとは言えない。にもかかわらず、近代文化の伝統を確立し、自由な批判と柔軟な良識に富む文化層として自らを形成することに私たちは失敗して来た。そしてこれは、各層への文化の普及滲透を任務とする出版人の責任でもあった。

一九四五年以来、私たちは再び振出しに戻り、第一歩から踏み出すことを余儀なくされた。これは大きな不幸ではあるが、反面、これまでの混沌・未熟・歪曲の中にあった我が国の文化に秩序と確たる基礎を齎らすためには絶好の機会でもある。角川書店は、このような祖国の文化的危機にあたり、微力をも顧みず再建の礎石たるべき抱負と決意とをもって出発したが、ここに創立以来の念願を果すべく角川文庫を発刊する。これまで刊行されたあらゆる全集叢書文庫類の長所と短所とを検討し、古今東西の不朽の典籍を、良心的編集のもとに、廉価に、そして書架にふさわしい美本として、多くのひとびとに提供しようとする。しかし私たちは徒らに百科全書的な知識のジレッタントを作ることを目的とせず、あくまで祖国の文化に秩序と再建への道を示し、この文庫を角川書店の栄ある事業として、今後永久に継続発展せしめ、学芸と教養との殿堂として大成せんことを期したい。多くの読書子の愛情ある忠言と支持とによって、この希望と抱負とを完遂せしめられんことを願う。

一九四九年五月三日